KB181972

주제 사라마구,

작은 기억들

As Pequenas Memórias

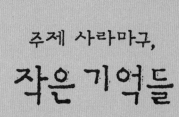

주제 사라마구,

작은 기억들

주제 사라마구 에세이

박정훈 옮김

아직 태어나지 않았고

도착하는 데도 한참 걸린 필라르에게

너였던 소년이 이끄는 대로 내버려두거라.

_『훈계의 책』에서

차례

일러두기

주석은 본문 하단에 각주로 표기했으며, 모두 옮긴이의 것입니다.

그 마을은 아지냐가라고 불린다. 포르투갈의 여명기 이래 늘 그곳에 있다(포르투갈이 13세기에 주권을 양도받았으니 유서가 깊은 마을이다). 하지만 찬란한 이력의 흔적은 아무것도 남아 있지 않다. 오직 마을 옆을 지나는 강만 그대로다(태초부터 그곳에서 흘렀으리라). 그 강은 수없이 둑을 넘어 범람했지만 내가 기억하는 한 강줄기의 방향이 달라진 적은 없다.

　우리 마을의 강 이름은 알몬다라고 한다. 이 강은 마을 끝에 위치한 집들을 지나쳐 남쪽으로 1킬로미터가 채 되지 못하는 지점에서 테주 강과 만난다. 겨울에 먹구름이 폭우를 쏟아부으면 상류 저수지의 수량이 급격히 불어나고 수위가 높아져 가둬놓은 물을 방류하는 일이 벌어지곤 했다. 그럴 때면 알몬다 강의 일부가 테주 강과 함께 주변 들판을 적시곤 했다(허락한다면 '알몬다가 테주를 도와주었다'고 표현하고 싶다).

강 주변의 땅은 손바닥처럼 평평하고 부드럽다. 이렇다 할 만한 산이나 구릉 같은 돌출이 없다. 강을 따라 기다란 둑을 세웠다면 범람하는 강물의 세찬 기세를 누그러뜨리지는 못했을지라도, 피해를 줄이는 방향으로 강줄기를 유도하는 데는 도움이 되었을 것이다.

먼 옛날부터 우리 마을에서 태어나고 살아온 사람들은 마을 생김새를 만든 두 강과 협상하는 기술을 익혔다. 알몬다 강은 마을 발치에서 흐르고, 테주 강은 저만치 떨어져 포플러와 물푸레와 버드나무의 기다란 담 뒤에 반쯤 숨어 흐른다. 두 강은 좋은 일이건 나쁜 일이건 마을에 사는 가족들 모두의 기억과 대화 속에 늘 등장한다.

바로 이곳에서 나는 세상으로 나왔고, 채 두 살이 되기도 전에 이곳을 떠났다. 생계 때문에 고향을 떠나 이주민이 된 우리 부모님은 나를 리스본으로 데려갔다. 그곳은 다른 방식으로 느끼고 생각하고 살아가는 곳이었다. 마치 이 마을에서 태어난 것이 우연한 혼동의 결과인 것처럼 보였다. 운명이란 놈이 우발적인 방심의 결과로 만들어낸 일이었으니 그것을 교정할 힘 역시 갖고 있는 것만 같았다.

하지만 그렇지 않았다. 아무도 알아채지 못하는 동안, 아이는 이미 이 마을에 넝쿨손을 내밀고 뿌리를 내렸다. 그때 나는 여린 씨앗 같은 존재였지만 작고 떨리는 두 발로 마을의 진흙땅에 발을 내디딜 시간을 누렸다. 그렇게 이 땅의 고유한 특성, 거대한 공기의 대양이 빚어내는 풍경, 때론 말라붙고 때론 젖어 있는 진흙을 아무도 지울 수 없게 고스란히 받아들였다. 그 진흙땅은 식물과 동물이 남긴 것, 모든 사물과 존재가 남긴 것, 부서지고 가루가 된 바위들, 살아 있는 것들을 지나쳤다가 다시 살아 있는 것들에게 돌아오는 변화무쌍한 온갖 존재들, 가령 해와 달, 홍수와 가뭄, 추위와 더위, 폭풍과 고요, 고통과 환희, 존재와 무 등으로 이루어진 것이었다.

오직 나만은 알고 있었다. 운명의 해독 불가능한 페이지에, 우연의 맹목적인 구불구불한 길 위에 나의 탄생을 마치기 위해서는 아지냐가로 돌아가야 한다고 쓰여 있다는 것을. 비록 알고 있다는 자각조차 없었지만 말이다.

그 가난한 시골 마을의 경계선은 강물과 나무가 수런대는 곳이었다. 그 마을의 작은 집들은 올리브나무들의 은회색으로 둘러싸인 채로, 때로는 한여름의 폭염에 그을리고,

때로는 살인적인 겨울 서리에 시달리거나 대문 안까지 밀고 들어온 홍수에 익사당하곤 했다. 그곳이 유년기 내내, 소년기 초반까지 나의 잉태가 완료된 요람이었다. 어린 유대목 짐승이 기어든 육아낭(育兒囊)이었다. 좋은 일이건 때론 나쁜 일이건 홀로 겪어가면서 과묵하고 비밀스럽고 고독한 자아를 만들어간 곳이었다.

식자들은 우리 마을이 어느 '오솔길'을 따라 생겨난 뒤에 커져갔다고 한다. 아지냐가가 바로 '오솔길'이라는 뜻으로, 이 단어는 아랍어에서 '좁은 거리'를 뜻하는 아스 지나익(as-zinaik)에서 왔다. 그런데 단어의 뜻을 곧이곧대로 받아들인다면, 우리 마을의 시작에 대한 식자들의 주장은 실제로 일어났을 법한 일은 아니다. '거리'라는 것은 좁건 넓건 그냥 거리에 불과하고, '오솔길'도 지름길이나 목적지에 더 빨리 도착하기 위한 샛길 이상이 결코 될 수 없기 때문이다. '거리'나 '오솔길'은 보통은 다른 미래를 꿈꾸거나 길이에 대한 과도한 야심을 품고 있지 않다. 그저 사람들이 지나치는 길을 가리키지 사람들이 모여 사는 마을을 가리키는 것은 아니다.

우리 마을 주변에 언제부터 거대한 올리브밭이 들어섰는지 나는 모른다. 하지만 마을 노인들이 지켜온 전통을 보면 가장 오래된 올리브밭 위로 최소한 2~3세기가량의 시간이 흘렀다는 것은 의문의 여지가 없다. 그 이상의 세월이 흐른 것 같지는 않지만.

수 년 전에는 올리브를 심은 땅이 가차 없이 뒤집힌 적이 있다. 수십만 그루의 올리브나무들이 쓰러졌고, 땅속 깊이 박혀 있던 뿌리들이 뽑힌 채 썩어가도록 방치되었다. 수 세대에 걸쳐 등잔불을 밝히고, 음식 맛을 더해주던 올리브 뿌리였다. 유럽연합은 뿌리가 뽑힌 올리브나무 한 그루당 일정액의 보상금을 지급했다. 보상을 받은 땅의 소유주, 그들 다수는 대지주들이었다.

내 유년기와 소년기의 신비롭고도 은근히 성가시던 올리브밭이 차지했던 곳, 뒤틀리고 이끼로 뒤덮이고 곳곳에 구멍이 난 채로 도마뱀의 은신처가 되어주던 줄기들이 서 있던 곳, 검은색 올리브 열매와 새들이 매달린 나뭇가지들이 햇볕을 가려주던 곳은 이제 사라지고 없다. 그 대신에 지금 우리 눈앞에 펼쳐진 것은 거대하고, 단조롭고, 끝이 보이지 않는 잡종 옥수수밭이다. 모두 똑같은 높이로 서 있다. 옥수수대에 달린 이파리 수도 모두 똑같을 것 같다. 아마 내일이면 똑같은 배열로 똑같은 수의 이삭이 열릴 것이다. 이삭에 달린 낟알 개수도 모두 똑같을 것이다.

내가 지금 불평을 늘어놓는 것은 아니다. 내 소유물이 아닌 것을 상실했다는 이유로 흐느끼는 것도 아니다. 단지 이

풍경이 내 풍경이 아니라는 것, 이곳이 내가 태어난 곳이 아니고, 내가 자란 곳도 아니라는 것을 설명하려고 애쓰고 있을 뿐이다.

우리는 이미 옥수수가 필수 작물이라는 것을 알고 있다. 아주 많은 사람들에게는 올리브유보다 더 긴요하다. 내 자신도 유년기나 소년기 초반의 푸른 시절에 옥수수밭을 돌아다니곤 했다. 목 주위에 천으로 만든 자루를 매달고, 혹시 어딘가에 숨어 있을지 모를 옥수수 이삭을 찾아다녔다.

하지만 솔직히 고백하건대 나는 지금 사악한 만족감 같은 것을 느낀다. 내가 시도한 적도 없고, 기대한 적도 없지만, 복수가 제 발로 날 찾아온 것만 같다. 마을 사람들이 오래된 올리브나무들을 쓰러뜨린 것이 잘못이었고, 어른들의 경솔한 행위였다고 토로할 때면 그런 생각이 든다. 이미 엎질러진 올리브유 앞에서 눈물을 흘리는 것이 아닌가. 다시 올리브나무를 심고 있다는 얘기도 심심찮게 들려온다. 하지만 수 년이 흐른다고 해도 올리브나무들의 키는 여전히 작을 것이다. 물론 요새 품종은 성장 속도가 더 빠르기는 할 것이다. 작은 키 덕분에 열매를 따는 것도 훨씬 수월할 것이다. 다만 내가 궁금한 건 이것이다. 도마뱀들은 과연 어디에 몸을 숨길 수 있을까.

한때 나였던 아이는 훗날 오만한 키를 가진 어른이 되어 살피듯 풍경을 대하지 않았다. 그 아이는 소년기 내내 늘 풍경 속에 들어가 있었다. 그 스스로 풍경의 일부가 되었다. 풍경에 의문을 품지 않았다. 참 아름다운 풍경이야! 장관이구면! 전망이 멋져! 이런 말을 하지도 않았고 그런 생각도 하지 않았다.

아이가 교회 종탑에 오르거나, 20미터 남짓의 물푸레 꼭대기에 기어올랐을 때는 자연스럽게 자신의 어린 눈앞에 펼쳐진 거대한 공간을 감상하고 샅샅이 살필 수 있었다. 하지만 그의 관심사는 언제나 가까이 있는 사물과 존재를 구별하고 시선을 고정하는 것이었다. 즉 그가 직접 만질 수 있는 것이나, 소년이 의식하지 못했겠지만, 그의 영혼이 재빨리 간파하고 흡수하길 요구하면서 제공된 것들에 눈길을 주었다(소년이 자기 내부에 '영혼'이라는 보물이 있다는 것을 깨닫지 못했음은 물론이다).

구불구불 기어가는 뱀, 밀 까끄라기를 이고 가는 개미, 여물통에서 먹이를 먹는 돼지, 굽은 다리 위에서 흔들거리는 두꺼비. 그리고 바위, 거미줄, 쟁기 날이 일으켜놓은 밭이랑, 버려진 새 둥지, 복숭아나무 줄기에 붙어 있는 수지의 마른 눈물, 땅에 달라붙은 풀 위에서 빛나던 서리, 혹은 강. 여러 해가 흐른 뒤에 그는 부쩍 자랐다고 믿으며 어른의 언어로 시를 한 편 쓴다. 자신이 멱을 감았고 뗏목을 띄웠던 강에 바치는 시였다. 지금은 오염되어 악취를 풍기는 소박한 물줄기를 노래한 것이었다. 그 시를 '최초의 시'라고 불렀다. 여기 그것을 남겨두고자 한다.

> 기억의 헝크러진 실타래로부터
> 어둠으로부터, 눈먼 매듭으로부터, 한 올의 실이
> 내 앞으로 삐져나오네
> 한 가닥을 천천히 풀어보네
> 내 손가락 사이에서 부서지지나 않을까 하는 두려움을 안고
> 실은 길고, 녹색이고, 청색이고, 진흙 냄새가 나네
> 살아 있는 흙의 따뜻한 부드러움을 간직하고 있다네
> 실은 강이라네
> 내 두 손 사이로 흐르고 적시네
> 펼쳐진 손바닥 사이를 흐르는 모든 물
> 문득 물이 내게서 솟아난 것인지, 내게로 흐르는 것인지
> 모르겠네
> 계속 잡아당기네, 이제는 기억만이 아니라
> 강의 몸뚱이도
> 내 피부 위에서 배들이 노를 젓네, 내가 곧
> 배가 되고, 배를 뒤덮은 하늘이 되고, 두 눈의 빛나는 망막
> 위에서

조용히 미끄러지는 키 큰 포플러가 되네

내 핏속에서 물고기들이 헤엄치고, 표면과 심연 사이를 오르락내리락하네

마치 기억의 불확실한 소환처럼

두 팔의 힘을 느끼네

팔을 늘려주는 지팡이도 느끼네

강 깊숙이, 내 깊숙이, 느리지만

꾸준한 맥박처럼 내려가네

지금 하늘은 더 가깝고, 이내 색깔도 바뀌었네

온통 푸르디푸르고 소리로 가득 차네

가지마다 새들의 노래가 깨어났으니

트인 공간에 배가 멈출 때

내 벗은 몸은 태양 아래서

수면에 불붙은 거대한 광채 속에서 빛나네

거기서 단 하나의 진실로 섞여드네

기억 속 혼동되는 추억들과 갑자기 나타나는 미래 얼굴이

이름 모를 새 한 마리가 미지의 장소에서 내려와

배의 거센 이물 위로 입을 다문 채 앉으리라

나는 미동도 않은 채 기다리리라, 물 전체가 푸른 떡을 감기를

새들이 나뭇가지에 앉아 왜 버들이 키가 크고

버들잎이 수군거리는지 알려주기를

그때 인간 세계로 돌아온 배와 강의 몸을 따라

나는 부들의 세로 칼들로 에워싸인 금빛 연못까지 항해하
리라

그곳에 내 지팡이를 묻으리라, 세 뼘 아래 깊숙이

바위가 숨 쉬는 곳에

위대하고 원초적인 고요가 있으리라

양손과 양손이 서로 포개지는 순간에

그러고 나서야 나는 모든 것을 알게 되리라

그 누구도 모든 것을 알 수는 없다. 앞으로도 결코 알 수
없을 것이다. 하지만 그럴 수 있으리라는 믿음이 생기는 순
간이 있다. 아마도 그 순간에는 영혼, 의식, 정신, 어떻게 부
르건 간에 우리를 더 인간적으로 만들어주는 그것들이 어
떤 충일감을 맛보기 때문일 것이다.

나는 언덕 꼭대기에서 잔잔한 강줄기를 바라본다. 강물
은 납빛에 가깝다. 문득 나는 어리석게도 이 모든 것이 한때
그랬던 시절로 되돌아갈 수는 없을까 상상해본다. 내 유년
의 벌거숭이가 다시 강물 속에서 자맥질한다면, 길고 젖은
나뭇가지나 그 옛날에 소리를 내던 노를 지금 내 손에 다시
쥐어준다면 그것이 가능할까. 한때 나였던 어떤 존재를 꿈

의 경계선까지 데려가던 거룻배, 시간의 어느 장소에 좌초
되어 버려진 그 배를 부드러운 물의 피부 위로 저어갈 수 있
다면 가능할까.

내가 태어난 집은 이제 사라지고 없다. 나는 이 사실에 무
덤덤하다. 그곳에서 살던 시절의 추억이 남아 있지 않기 때
문이다. 다른 집도 마찬가지로 돌무더기로 변해버렸다. 그렇
지만 이 다른 집은 내게 10년, 혹은 12년 동안 최상의 거처
였다. 조제파 외할머니와 제로니무 외할아버지의 오막살이
로 내가 가장 친밀하게 여긴 곳이자 나의 내면 깊숙이 자리
잡은 장소였다.

내게 그곳은 마술적인 누에고치였다. 그곳에서 유년기와
소년기 시절에 여러 차례 결정적인 변신을 할 수 있었다. 이
미 오래전에 그 집의 상실로 인한 고통은 가셨다. 기억의 복
원력 덕분에 어떤 순간에도 추억의 하얀 벽을 세울 수 있다.
집 입구에 그늘을 드리운 올리브나무를 심고, 쪽문을 여닫
을 수 있다. 똬리를 튼 작은 뱀을 보았던 밭의 울타리를 여
닫을 수도 있고, 젖 빠는 새끼 돼지들을 보러 우리로 들어
갈 수도 있다.

부엌으로 가서 항아리를 기울여 법랑 컵에 물을 따르고
한여름의 갈증을 없애기 위해 천 번째로 들이켜기도 한다.
그리고 할머니에게 말을 건넨다. 할머니, 동네 마실 갔다 올

게요. 어여 가거라! 가거라! 할머니가 내게 답하신다. 하지만 할머니는 조심하라고 당부하지 않는다. 그 시절 어른들은 자신이 기르던 아이들을 더 많이 신뢰했다.

옥수수빵 한 조각, 올리브 열매 한 줌과 마른 무화과 열매를 배낭에 넣고, 막대기를 손에 하나 쥔다. 혹시라도 사나운 짐승이라도 만날라치면 나를 방어해야 할 일이 생길지도 모르는 일이다. 그렇게 들로 나선다.

하지만 갈 만한 곳이 많지는 않다. 강가로 가서 기슭을 뒤덮고 보호해주는 식물 군락을 들여다볼까. 혹은 올리브밭에 가거나 추수 뒤의 단단한 밀 그루터기를 보러 갈까. 혹은 알몬다 강과 합류한 지점 너머 테주 강변에 빽빽이 자라난 장미넝쿨과 너도밤나무와 물푸레와 버드나무들을 보러 갈까. 마을에서 북쪽으로 5~6킬로미터쯤 걸어가면 나오는 파울 두 보킬로부라 불리는 곳으로 갈까. 호수, 못, 수영장, 그곳을 뭐라 부르건 풍경의 창조자가 천국으로 가져가는 것을 망각한 곳.

그렇다. 선택지가 많지 않았다. 그러나 우수에 젖은 소년, 물끄러미 명상에 잠기고 감상에 자주 빠지는 소년에게는 바로 이 장소들이 우주의 동서남북이었다. 장소 하나하나가 그 자체로 하나의 우주이기도 했다.

늘 모험 시간은 연장될 수 있었다. 하지만 목적을 달성하기 전에는 절대로 끝나지 않았다. 올리브밭의 불타는 들녘을 가로지르기, 떨기나무와 나무줄기와 가시나무, 그리고 두 강기슭에서 빈틈없이 벽을 세운 덩굴식물 사이로 좁은 길을 열기, 오직 새들의 울음소리와 바람의 충돌질로 나뭇가지가 부딪치는 소리만이 숲의 침묵을 깨는 그늘진 빈터에 앉아 귀 기울이기, 물속에서 자란 울보 버드나무들이 우거진 곳을 따라 요리조리 움직이며 늪지를 관통하기. 아마 사람들은 이런 일들이 요즘 같은 세상에서 특별히 언급할 만한 위대한 행위라도 되느냐고 반문할지 모른다.

요새 문명 세계의 어린이라면, 방구석에 틀어박혀 집 밖을 나서지 않는 대여섯 살 아이조차도, 진작에 화성으로 여행을 떠나 앞을 가로막는 녹색 생명체의 수가 얼마나 되든지 가차 없이 무찔렀을 것이다. 포트 녹스 기지*의 금을 지키는 무시무시한 기계 용 군단을 부수었을 것이고, 우두머리 공룡을 사로잡아 공중에서 떨어뜨려 산산조각 냈을 것이다. 잠수복과 잠수정도 없이 깊은 바다 밑의 잠수함 기지로 내려가봤을 것이고, 지구를 파괴할지 모르는 거대한 운석으로부터 인류를 구하기도 했을 것이다.

이 같은 위대한 업적과 달리 아지냐가의 소년은 고작 20여

---

* Fort Knox, 켄터키 주에 있는 미 육군 기지.

미터 물푸레나무 꼭대기에 올랐을 뿐이다. 이 시골 소년에게는 소박하지만 미각을 만족시키는 최고의 방법도 있었다. 이른 아침에 과수원의 무화과나무에 올라가서 밤이슬에 촉촉이 젖은 과실을 따서는 단것에 환장하는 한 마리 새처럼 과육에서 흘러나오는 꿀방울을 빨아 마시곤 했다. 사실 이런 일은 별 대수로운 일이 아닐 것이다. 하지만 나는 오늘날의 공룡을 때려눕힌 소년 영웅이 정작 제 손으로는 새끼 도마뱀 한 마리 잡지 못할 것이라고 확신한다.

'풍경은 영혼의 상태'라고 진지하게 주장하는 이들이 있다. 이들은 고전 작품의 한 구절을 지적 권위의 근거로 삼고 있다. 즉 풍경에 대한 인상은 감상자의 기분에 달려 있다는 뜻이다. 우리가 눈앞에 펼쳐지는 경관을 바라보는 순간에 우리 내면에 요동치는 감정이 쾌활한 것인지 침울한 것인지에 따라 풍경도 달라 보인다는 것이다.

내가 이 견해에 감히 의문을 품는 것은 아니다. 다만 여기서 '영혼의 상태'라는 것이 성숙한 사람, 이미 성장한 사람의 것이라는 전제가 깔려 있다는 건 지적하고 싶다. 진지한 개념들을 잘 다루기 위해서는 개념을 정의하고 자세히 설명하며 개념 간의 미묘한 차이를 파악할 줄 아는 능력이 필요하다. '영혼의 상태'는 바로 그런 능력을 갖춘 사람의 배타적 소유물로 여겨진다. 어른의 일, 모든 것을 알고 있다고 믿는 성인의 것으로 간주된다.

그러니 아지냐가의 소년에게는 어느 누구도 마음의 상태가 어떠했느냐고 묻지 않았다. 네 영혼의 지진계에 어떤 미세한 진동이 기록되어 있느냐고 묻지 않았다. 사방이 여전히 고요하던, 어둠에 잠겨 있던 그 잊지 못할 새벽에 말들 사이에서 잠들었다가 마구간을 나선 적이 있었다. 그때 그 순간에는 인간의 눈으로 직접 보았을 달 가운데서도 가장 눈이 부시던 달의 순백색이 이마와 얼굴과 몸 전체, 아니 육체를 넘어 영혼의 어느 구석까지 비추는 것만 같았다. 그뿐만이 아니다. 대지 위로 갓 떠오른 태양 빛을 받으며 돼지를 몰고 언덕과 골짜기를 지나 장터에 도착해서는 돼지들을 다 팔아치우고 돌아오는 길에 문득 돌판끼리 아귀가 잘 맞지 않아 길바닥이 울퉁불퉁하다는 사실을 막 깨닫던 순간도 있었다. 그것은 태초부터 버려진 황량한 들판 한복판에서 벌어진 기묘한 발견이었다. 그 뒤로도 시간이 제법 흐른 뒤에야, 수 년의 시간이 흐른 뒤에야 내가 밟은 그 길이 '로마 길' 유적이었다는 걸 알게 되었다.

하지만 이 모든 것과는 비교가 되지 않을 일, 내가 이제껏 경험했다고 말한 것이나 가상세계의 미숙한 조작자들이 경험한 일과는 비교할 수 없는 일이 벌어진 적이 있었다.

그날 나는 해 질 무렵에 아지냐가의 외조부모님 댁을 나섰다(아마 열다섯 살 즈음이었을 것이다). 테주 강 건너편 제법 먼 거리에 있는 마을을 향해 출발했다. 거기서 내가 사랑에 빠졌다고 생각한 소녀와 만날 예정이었다.

나를 강 건너편으로 실어 나를 사람은 노인 뱃사공 가브리엘이었다(마을 사람들은 그를 그라비엘이라 불렀다). 그는 얼굴빛이 햇볕과 브랜디로 늘 불콰하게 물들어 있던 흰머리의 거구였다. 크리스토퍼 콜럼버스처럼 몸집이 컸다. 나는 선착장의 나무판자 위에 앉아 있었다. 우리 마을 사람들이 항구라고 부르는 곳이었다. 강 이편 기슭에서 뱃사공이 오길 기다리고 있었다. 낮의 마지막 선명한 빛이 스며든 수면 위로 뱃사공이 규칙적으로 노를 젓는 소리가 들려왔다. 그는 느릿느릿 이편으로 다가오고 있었다. 문득 나는 결코 잊지 못할 순간을 지켜보고 있다고 직감했다(그것이 내 영혼의 상태였을까).

강 건너편 포구 좀 더 위쪽에는 커다란 바나나나무 한 그루가 서 있었다. 그 나무 아래로는 농장의 소떼들이 졸음에 겨워하고 있었다. 배에서 내린 나는 먼 길을 걸었다. 경작된 들녘, 키 작은 떨기나무, 도랑과 웅덩이, 옥수수밭을 가로질렀다. 희귀한 사냥감을 찾아 나선 은밀한 사냥꾼처럼 움직였다. 어느새 밤이 하늘에서 내려와 사방을 점령했고, 들판의 고요 속에서 내 발소리만 크게 들렸다. 소녀와의 만남이 어땠는지, 운이 좋았는지 나빴는지는 나중에 얘기하겠다. 사람들이 어울려 춤도 추었고 불꽃놀이도 벌어졌다. 그 마을을 떠났을 때는 자정 무렵이 다 되었을 것이다.

보름달이 사방을 환히 밝혀주고 있었다. 이 보름달은 앞서 언급한 적이 있는 달보다는 덜 눈부신 것이었다. 들판을 가로지르려면 길에서 벗어나야 하는 지점이 있는데 아직 그곳에 이르기 전이었다. 갑자기 걷고 있던 좁은 길이 끝이 나버렸다. 커다란 울타리 뒤로 길이 몸을 숨긴 것만 같았다. 고개를 들어보니 앞길을 가로막으며 아주 시커먼 나무 한 그루가 불쑥 솟아올라 있었다. 처음에는 투명한 밤하늘을 완전히 가린 것만 같았다.

별안간 산들바람 한줄기가 빠르게 지나갔다. 연한 식물 줄기들을 흔들고, 사탕수수의 푸른 칼날을 떨게 하고, 웅덩이에 고인 검은 물에 파문을 만들었다. 파도가 지나가듯 길게 뻗은 가지들을 가볍게 들어 올리더니 줄기를 타고 속삭이며 위로 훑고 지나갔다. 순간 잎사귀들이 일제히 뒤척이더니 아래쪽이 달을 향해 몸을 뒤채는 것이 아닌가. 그러자 너도밤나무 한 그루 전체가(분명히 너도밤나무였다) 가장 높은 꼭대기까지 온통 하얗게 변했다. 순간이었다. 아주 짧은 시간 동안에 벌어진 일이었다. 하지만 그 기억은 내 인생이 지속되는 한 계속 살아남을 것이다. 거기에는 공룡도, 화

성인도, 기계 용 군단도 없었다. 별똥 하나가 하늘을 가로지르기는 했다(이 사실을 믿는 것은 어려운 일이 아니다). 그렇다고 해서 인류가 멸종의 위험에 처한 게 아니라는 것은 나중에 밝혀졌다.

그곳을 벗어나 한참 동안 걸었다. 동이 트려면 아직도 멀었다. 나는 들판 한복판에서 밀짚과 나뭇가지로 지은 오두막을 발견했다. 그 안에 들어가 이미 굳어버린 옥수수빵 한 조각으로 배고픔을 잠시 속였다. 그 뒤 그곳에서 까무룩 잠들었다. 아침에 깨어났을 때는 첫 번째 빛을 받으며 두 눈을 비볐다. 사방에 밝은 안개가 깔려 주위의 들판을 제대로 볼 수 없게 만들고 있었다. 나는 오두막을 나서서 안개 속으로 들어갔다. 그 순간 내면에서 마침내 내가 탄생을 완료했음을 느꼈다. 내 기억이 맞는다면, 지금 내가 꾸며낸 게 아니라면 그것이 분명했다. 이제 시간이 된 것이다.

왜 나는 개를 보면 두려움을 느끼는 것일까? 반면 왜 말을 보면 매혹을 느끼는 것일까? 개에 대한 강한 의혹은 최근의 몇몇 우호적인 경험에도 여전하다. 갯과에 속하는 짐승 가운데 잘 모르는 종을 볼 때마다 불안감을 떨치기가 힘들다. 이는 분명히 과거에 내가 느꼈던 고삐 풀린 공포의 기억에서 비롯된 것이다.

아마 일곱 살 무렵이었을 것이다. 땅거미가 지고 가로등이 불을 밝히기 시작한 어느 날 초저녁이었다. 나는 리스본 살다냐 구의 페르낭 로페스 길에 있는 집으로 막 들어가려던 참이었다. 그곳에서 우리 가족은 다른 두 가족과 살고 있었다.

그런데 갑자기 문이 열리더니 말레이 반도나 아프리카의 짐승 중에서도 가장 사납게 보이는 녀석이 튀어나왔다. 이웃집의 '늑대개'였다. 이름값을 톡톡히 하려는 듯이 날 보자마자 쫓기 시작했다. 화가 단단히 난 듯 사방이 쩌렁쩌렁 울릴 정도로 짖어대는 통에 귀가 먹먹할 지경이었다. 가련한 신세가 되어버린 나는 절망에 빠진 나머지 나무 뒤로 몸을 숨긴 채 그저 도와달라고 소리치는 것밖에 달리 할 수 있는 일이 없었다.

앞서 말한 이웃집, 내가 이들을 이웃이라고 부른 이유는 같은 건물에 같이 거주하고 있었기 때문이었다. 그들이 6층 다락방에 살고 있던 우리 가족처럼 보잘것없는 계층에 속한 사람들이었기 때문은 아니다. 이들이 자기 개를 부르기 위해 집 밖으로 나오기까지는 시간이 제법 걸렸다. 이웃에 대한 기본적인 배려심을 고려할 때 너무 늦게 나왔다.

내가 애원하고 있는 동안 어리고 고상하고 우아한 개 주인들은(이웃집의 10대들로, 하나는 소년, 하나는 소녀였을 것이다) 당시 사람들의 표현 그대로 쓰자면 '턱을 흔들어대며' 웃고 있었다. 즉 박장대소하고 있었다. 기억이 나를 속인 것도 아니고, 두려움과 창피함 때문에 내가 착각하고 있는 것도 아니다.

당시 내 다리가 매우 날랜 덕분에 개는 날 물기는커녕 따라잡지도 못했다. 개도 그럴 의도가 없었는지 모른다. 분명한 것은 그 개도 집 입구에 내가 불쑥 등장하자 깜짝 놀랐다는 점이다. 우리는 서로에게서 두려움을 느낀 것이다. 실제로 벌어진 일은 이게 전부였다. 사실 평범하기 짝이 없는 이 일화에서 흥미로운 대목은 다른 데 있다. 내가 현관문 밖에 서 있었을 때 개 한 마리가, 바로 그 개가 목덜미를 덮치기 위해 기다리고 있다는 사실을 알고 있었다는 점이다. 어떻게 알 수 있었는지는 묻지 마시라. 하지만 나는 그 사실을 알고 있었다…….

그런데 말은? 말과의 관계는 더 고통스럽다. 그것은 한 사람의 영혼에 일생 동안 박혀 있는 상처와 같은 것이다. 어머니 여동생 중에 마리아 엘비라라는 이름을 가진 분이 있었다. 그녀는 프란시스쿠 디니스라는 이름을 가진 남자와 결혼했다. 프란시스쿠 이모부는 모샹 드 바이슈 농장의 감시원으로 일했다. 그 농장은 테주 강 왼편 강둑 너머로 펼쳐진 너른 땅인 모샹 두스 코엘류스에 속했고, 발르 드 카발루스*라고 불리는 마을과는 대략 일직선을 이루고 있었다.

다시 프란시스쿠 이모부 얘기로 돌아가보자. 그렇게 방대하고 막강한 대토지의 감시원이 된다는 것은 농촌 귀족의 일원이 된다는 걸 의미했다. 2연발 엽총을 쥐고, 녹색 베레모를 쓰고, 폭염에 세상이 말라비틀어질 때도 혹한에 세상이 꽁꽁 얼어붙을 때도 늘 목까지 단추를 채운 흰 셔츠를 입었다. 붉은색 허리띠, 무릎까지 오는 장화, 짧은 재킷도 갖추었다. 그리고 당연히 말이 지급되었다.

하지만 내 나이 여덟 살에서 열다섯 살까지 꽤나 오랜 시간 동안에 이모부가 나를 들어 올려 그토록 갈망하던 말안장에 앉혀주는 일은 단 한 번도 일어나지 않았다. 물론 나도 당시에는 인식조차 하지 못하고 있었던 소년기의 자존심 때문에 한 번도 이모부에게 부탁하지 않았다.

어느 화창한 날이었다. 오래전부터 우리 외조부모님이 살던 소박한 집을 카잘리뉴**라고 불렀는데, 그곳에 젊은 기혼녀가 묵으러 왔다. 사람들은 그녀를 가리켜 수도 리스본에 거주하는 어느 상인의 '여자 친구'라고 불렀다.

---

* 말들의 분지라는 뜻.
** Casalinho, 작고 아담한 집.

어떤 경로로 낯선 그녀가 우리 외갓집에 머물게 되었는지는 정확히 기억나지 않는다. (아마 그녀가 우리 어머니의 또 다른 자매이자 내 이모인 마리아 다 루스를 알았기 때문일 수 있다. 혹은 우리 아버지의 여동생이자 내 고모인 나탈리아를 알았기 때문일 수도 있다. 나탈리아는 리스본 이스트렐라 구에 있는 후아 두스 페헤이루스 길에 자리 잡은 포르미갈 가문의 저택에서 가정부로 일한 적이 있다. 물론 아주 긴 시간이 흐른 뒤에 나도 그 거리에서 살게 될 것이다.)

그녀는 몸이 허약해 요양이 필요했다. 그 때문에 아지냐가의 맑은 공기를 마시면서 얼마간 그 마을에 체류하기로 한 것이다. 우리 외가 입장에서는 그녀가 머물고 숙식비를 지불하면서 부족했던 살림살이가 다소 개선되었다.

내가 그녀의 이름을 제대로 기억하고 있는지에 대한 확신은 없다(이사우라 혹은 이레네 중 하나로, 아마도 이사우라가 맞는 것 같다). 나는 그녀와 스스럼없이 몸과 몸이 부딪치는 놀이나 팔씨름 놀이를 하곤 했다. 너 밀어! 내가 밀게! 하고 서로 손바닥을 밀치며 상대방의 균형을 허물어뜨리는 놀이도 했다.

이런 몸싸움은 늘 외갓집의 어느 침대 위로 그녀를 쓰러뜨리는 것으로 끝나곤 했다(그 당시 내 나이는 열네 살쯤 되었을 것이다). 그렇게 가슴과 가슴이 닿고, 엉덩이와 엉덩이가 닿곤 했다. 그럴 때면 조제파 외할머니는 다 알고 계셨는지, 아니면 아무것도 모르신 것인지 크게 웃으시면서 내가 힘이 매우 세다고 치켜세우곤 했다. 그러면 그녀는 가쁜 숨을 몰아쉬며 침대에서 일어나 붉은 얼굴 위의 망가진 머리를 매만졌다. 진짜 싸웠다면 절대 이기도록 내버려두지 않았을 것이라고 맹세하곤 했다. 어리석은 것은 나였다. 아니면 천진난만했기 때문일 것이다. 그녀의 말마따나 진짜로 싸워보자고 응수할 만했다. 하지만 감히 그래 보자고 말하지 못했다.

그녀와 리스본 상인의 관계는 진지하고도 안정적이었다. 이는 둘 사이에서 태어난 딸의 존재가 잘 보여주었다. 핼쑥하고 차분한 일곱 살배기 딸도 엄마와 함께 우리 마을의 맑은 공기를 마시고 있었다.

프란시스쿠 이모부는 땅딸보로 매우 거만한 사람이었다. 집에서는 부인에게 이래라저래라 명령하기를 좋아하는 남자였다. 하지만 농장주나 높은 사람, 도시에서 온 사람을 맞이할 때는 몸에 밴 순종 의식으로 저절로 고분고분해졌다. 그러니 그가 도회지에서 온 손님을 예의를 갖추어 정중히 대하는 것은 전혀 이상하지 않았다. 그의 태도는 시골 사람들이 친절하다는 증거로 간주될 만했다. 남들이 어떻게 받아들이건 나는 그의 행동이 단순한 존중의 마음보다는 노예근성의 표출이라고 늘 생각했다.

그러던 어느 날 프란시스쿠가 한가롭게 휴식을 취하던 날이었다. 그는 도시에서 온 손님들을 제대로 대접한다는 걸 보여주고 싶었는지 어린 소녀를 두 팔로 번쩍 들어 말안장에 올려주었다. 공주님을 모시는 마부라도 된 것 같았다. 말에 태운 뒤에는 외갓집을 벗어나 동네를 산책시켜주기까지 했다. 나는 잠자코 그 광경을 지켜보고만 있었다. 하지만 무척 속이 상했고 자존심에 상처도 입었다.

수 년이 흐른 뒤에 아폰수 도밍게스 산업학교*에 다닐 때 기말 소풍을 간 적이 있었다. 그로부터 1년 뒤에 자격을 갖춘 (기계)열쇠공으로 그 학교를 졸업할 것이었다. 그때 소풍지 사메이루에서 처량한 말 중 하나에 올라탈 수 있었다. 마치 유년기 때 빼앗긴 보물을 소년기에 보상받은 기분이었다. 내 손이 닿는 거리에 있는데도 만지지 못하게 만들어놓은 모험의 기쁨이라는 보물 말이다. 하지만 너무 늦었다.

사메이루의 말라깽이 로시난테는 제멋대로 움직였다. 내키면 움직이고 귀찮으면 꿈쩍도 안 했다. 말안장에서 내려올 때는 작별 인사를 하려고 고개를 까딱 드는 수고조차 하지 않았다. 과거 말 타는 '도시 소녀'를 보던 날만큼이나

---

* 포르투갈의 직업계 고등학교 일종.

쓸쓸했다.

지금 내 집 곳곳에 말 사진이 걸려 있다. 처음으로 우리 집을 찾은 사람들 대다수가 혹시 내가 기수냐고 묻는다. 내가 답할 수 있는 유일한 진실은 한 번도 올라보지 못한 말에서 떨어지는 고통을 맛보았다는 것이다. 이 낙상 사고의 후유증은 커서 겉으로는 멀쩡하지만 내 영혼은 70년 전부터 절뚝거리고 있다.

기억이 꼬리에 꼬리를 문다. 말이 이모부를 떠올리게 하더니, 이모부가 베르디의 오페라 「오셀로」의 결말을 포르투갈의 시골 마을에서 재현한 일을 떠올리게 한다. 아주 작은 시골 마을의 집들이 으레 그랬듯, 옛날 아지냐가 마을 집들 대다수도 모양이 서로 비슷했다. 모샹 두스 코엘류스에 있는 이모네 집도 마찬가지였다. 다들 최소 2미터 높이 정도의 바위를 집의 기초로 삼고 그 위에 집을 지었다. 겨울 홍수가 집 안으로 들이닥치지 못하도록 현관으로 오르는 계단도 만들었다. 집들은 방 두 개를 갖추었다. 한 방은 거리로 향했는데(가끔 이모네 집처럼 들판을 향하기도 했다) 이 방을 흔히 바깥방이라 불렀다. 다른 방은 부엌으로 쓰였는데 그 방을 지나 문을 열면 나무 계단이 있었고, 그 계단을 내려가면 밭으로 이어졌다. 부엌방 계단은 현관의 큰 계단에 비해선 훨씬 작고 소박했다.

사촌 주제 디니스와 나는 부엌방의 침대에서 함께 자곤했다. 그는 나보다 서너 살 손아래였다. 나이 차이나 힘의 차이를 생각하면 내가 모든 면에서 유리했다. 그런데도 사촌 동생이 내게 시비 거는 일을 막아줄 장애물이 도무지 없어 보였다. 동네 소녀들이 손위 사촌 형에게 은근히 관심을 보이거나, 때로 대놓고 관심을 보이는 일이 벌어지면 늘 사달이 나곤 했다.

알피아르사에서 온 알리스라는 소녀가 있었다. 이 예쁘고 섬세한 소녀 때문에 이 가련한 소년이 앓은 광적인 질투를 결코 잊을 수 없다. 이 소녀 이야기는 훗날 재단사 청년과 결혼하는 것으로 막을 내린다. 그녀는 재단사 청년과 타지에서 결혼해 몇 년 살다 아지냐가로 돌아온다. 남편은 아지냐가 마을에서 계속 재단사 일을 이어갔다.

어느 방학엔가 그녀가 귀향해서 마을에 살고 있다는 얘기를 사람들이 전해주었을 때 나는 그녀의 집을 일부러 찾았다. 짐짓 모른 체하면서 그 가게 집 앞으로 지나간 적이 있다. 아주 짧은 순간 곁눈질로 그녀의 모습을 살짝 훔쳐보았다. 그 순간에 과거의 모든 시간과 해후했다. 그녀는 고개를 모로 기울인 채 바느질에 열중이었다. 그녀가 나를 보지 못했으니 나를 알아보는지는 알 길이 없었다.

사촌 주제 디니스와 관련해서 여전히 기억해야 할 것이 있다. 비록 우리가 고양이와 개처럼 서로 다툰 건 사실이지만, 그가 낙담으로 땅바닥에 주저앉아 눈물을 훔치던 모습을 한 번 이상은 보았다. 방학이 끝나 리스본으로 돌아가려고 이모네 가족에게 작별 인사를 하러 들렀을 때였다. 그는 나를 똑바로 쳐다보려고 하지도 않았다. 내가 다가가려 들면 주먹질과 발길질로 오히려 날 밀어냈다. 그런 그 녀석을 가리키며 마리아 엘비라 이모가 한 말은 참으로 옳았다. 이모는 자기 아들에 대해 이렇게 말하곤 했다. 못된 놈이야. 하지만, 정은 참 많아.

아주 어려운 문제를 푸는 데도 주제 디니스는 그 누구에게도 도움을 청하지 않았다. 그저 자기 식대로 '둥근 사각형'과 같은 난제를 해치웠다. 확실히 못된 녀석이었다. 하지만 정은 참으로 많은 녀석이었다.

질투는 확실히 디니스 가문의 선천성 질환이었다. 추수철이나 멜론이 굵어지는 철이나 옥수수 낟알이 이삭 속에서 여무는 철이 시작되면 프란시스쿠 이모부가 집에서 온전하게 밤을 보내는 일은 매우 드물었다.

그는 농장의 여러 지점을 순찰했다. 단순히 농장이라고 말하기에는 참으로 광활한 토지였으니 대농장이라고 불러야 적절했다. 그는 말 위에 올라타고, 엽총을 안장 위에 가로로 놓고, 좀도둑 서리꾼이건 큰 도둑 무법자건 닥치는 대로 잡으러 다녔다. 그러다 불쑥 부인이 생각나면 말을 몰고 집까지 단숨에 달려왔다. 달빛이 자아내는 서정성 때문인지 사타구니 사이에 놓인 안장의 자극 때문인지 알 길은 없었다. 잠시 한숨을 돌리고 일로 생긴 긴장도 풀고 나서야 다시 야간 순찰을 돌기 위해 되돌아가곤 했다.

어느 잊지 못할 새벽, 사촌 동생과 나는 부엌방의 한 침대에서 곯아떨어져 있었다. 진종일 전투와 탐험으로 기진맥진한 우리 둘은 널브러진 채로 잠자고 있었다. 그 새벽에 프란시스쿠 이모부는 부엌방으로 난입해 엽총을 휘두르며 잔뜩 화가 난 목소리로 외쳤다. 여기 누가 왔다 갔어? 아주 폭력적인 방식으로 잠에서 깼지만 내 정신은 흐리멍덩한 상태였다. 반쯤 열린 바깥방 문틈 사이로 두 부부의 침대가 보였고, 그 침대 위에서 흰 잠옷을 입은 이모의 모습이 어슴푸레 눈에 들어왔다. 그 가련한 여자는 양손을 머리에 얹고 신음하듯 내뱉고 있었다. 이 사람 미쳤어! 이 사람 미쳤어! 아마 미친 건 아니었을 것이다. 하지만 질투에 사로잡힌 건 맞다. 그리고 광기와 질투 다음에 벌어지는 일은 대략 비슷하다.

프란시스쿠는 그곳에서 벌어진 일에 대해 사실대로 말하

지 않으면 우리 모두를 죽이겠다고 고래고래 소리를 질렀다. 어서! 어서! 대답하라고 아들에게 명령했다. 주제 디니스의 용기는 일상생활에서는 이미 넘치도록 입증된 것이었다. 하지만 총으로 무장하고 입으로 게거품을 뿜어내는 아버지를 상대하기에는 벅찼다.

그 순간 내가 말을 꺼냈다. 아무도 집에 들어오지 않았다고 말했다. 언제나처럼 저녁 식사를 마치고 잠자리에 들었을 뿐이다, 그게 전부라고 설명했다. 그 뒤에는, 그 뒤에는 온 사람이 아무도 없다고 하늘에 맹세하는 거지? 모샹 드 바이슈의 '오셀로'가 고함을 쳤다. 그때에서야 무슨 일이 벌어지고 있는지 눈치를 챘다.

가련한 마리아 엘비라 이모가 침대에 주저앉아 나를 재촉했다. 네가 말해주렴, 제지투*야! 네가 말해주렴, 저 사람은 날 안 믿는다! 그때 나는 인생에서 처음으로 명예를 걸고 발언했다. 사실 14세 소년이 이모가 다른 남자를 침대로 들이지 않았다고 맹세한다는 것, 두 다리 뻗고 잠에 곯아떨어져 있던 주제에 진실을 알고 있는 것처럼 말하는 것은 매우 우스꽝스러웠다. (아니다. 내가 냉소적으로 말해서는 안 된다. 마리아 엘비라 이모는 매우 정숙한 여자였다.)

---

* Zezito, 주제의 애칭.

분명한 건 명예를 걸고 엄숙하게 발언한 것이 효과가 있었다는 점이다. 내가 맹세한 게 매우 신기했기 때문일 것이다. 시골 사람들이 말을 할 때는 맹세나 저주 같은 표현을 구사하지 않는다. 맞으면 맞다, 틀리면 틀리다고 불필요한 미사여구 없이 직설적으로 말한다. 마침내 이모부가 격앙된 감정을 가라앉히고 엽총을 벽에 비스듬히 세웠다.

그 사단이 왜 벌어졌는지 이유는 명백했다. 침대 때문이었다. 부부가 쓰는 침대의 프레임은 황동으로 만든 것이었고, 침대 머리와 다리 부분에 조립용 황동 난간이 각각 달려 있었다. 난간의 양끝은 황동 재질의 둥근 손잡이를 통해 침대 프레임의 좌우측 쇠막대기와 연결되어 있었다. 그리고 둥근 손잡이와 쇠막대기는 나사로 고정되어 있었다. 하지만 너무 오래 쓰다 보니 너트가 닳아버린 나머지 볼트와의 결합이 매우 헐거워진 상태였다.

이모부는 귀가한 뒤에 석유램프의 심지를 돋우고 불을 붙였을 때 자신의 명예에 먹칠한 증거를 발견했다고 믿었다. 침대 머리에 있는 난간 한쪽이 완전히 풀려 잠든 부인의 머리 위에서 고발자의 손가락처럼 대롱대롱 매달려 있었다. 마리아 엘비라 이모가 침대에 누워 몸을 뒤챌 때 팔을 들면서 난간을 툭 친 것이 틀림없었다. 그 바람에 난간 한쪽이 제자리를 벗어나 튀어오른 것이다.

프란시스쿠 이모부는 무슨 상상을 했을까. 부끄러움을 모르는 자들의 질펀한 정사를 상상했을까. 침대 위에서 두 사람이 정신 줄을 놓고 몸과 몸을 격렬하게 부딪치면서 모든 종류의 관능적인 행위에 탐닉하는 모습을 상상했을까. 그 시절의 나는 이모부가 무슨 생각을 하는지 짐작조차 할 수 없었다.

질투에 사로잡힌 그 가련한 남자가 그곳에서 총을 쏘아서는 안 된다는 걸 깨달을 정도의 지성을 갖추었다는 것이 천만다행이었다. 그러지 않았다면 그 누가 봐도 명백한 증거 앞에서 질투가 얼마나 사람의 눈을 멀게 만들어버리는지를 제대로 목격했을 것이다.

만약 내가 「오셀로」의 이아고와 같은 비겁한 부류에 속해 있었다면 아마도 모샹 드 바이슈 밤의 고요는 두 발의 총성으로 깨지고 말았을 것이다(사실 나는 아무것도 모르고 있었다, 당시 잠들어 있었기 때문에 아무것도 보지 못했다). 아무런 죄가 없는 여자는 아내 살해범의 체취와 체액 외에는 그 어느 누구의 것도 경험한 적이 없는 침대보 사이에서 총에 맞아 쓰러졌을 것이다.

종종 이모부는 농장 순찰을 돌다가 사냥한 토끼나 짐승을 들고 나타나기도 했다. 사냥금지법이 있었지만 농장 감시원인 그에게는 무용지물이었다. 어느 날 그가 의기양양하게 귀가한 날이 있었다. 이교도 군대를 무찌르고 돌아온 십자군 병사라도 된 것 같은 얼굴이었다. 말안장에 아주 큰 새한 마리를 매달고 왔는데 잿빛 왜가리였다. 그때도 합법적으로 사냥한 것인지 의심이 갔다. 고기 색깔은 어두웠고 살짝 생선 맛이 났던 것 같다. 수십 년이 흐른 지금 입천장을 건드린 적도, 목으로 삼킨 적도 없는 것의 맛을 지금 내가 상상하는 게 아니라면 확실할 것이다.

　모샹 드 바이슈에 얽힌 이야기들 가운데 가장 교훈적인 이야기가 하나 있다. 바로 페주다라고 불리던 여자 이야기이다. 그녀의 본명은 잊어버렸다. 애초에 본명을 알았던 적이 없었을지도 모른다. 그녀의 무척 큰 발 때문에 우리는 그녀를 '왕발'을 뜻하는 '페주다'라고 불렀다. 그 시절에는 우리 모두가 맨발로 다녔기 때문에 '페주다'는 자신의 불행을 도무지 숨길 재간이 없었다(여기서 우리라 함은 어린이와 여자들을 의미한다).
　'페주다'는 우리 이모네 이웃이었다. 벽과 벽을 맞댄 이웃이었다. 이모네 옆집에서 남편과 함께 살았다. 집 구조도 이모네 집과 동일했다(자식들이 있었는지는 기억나지 않는다). 그 이모네 집에서 많은 일이 벌어졌다. 좋은 일도 많았고 나쁜 일도 많았는데, 그 덕분에 내 육체와 영혼이 차츰 성장

해갔다.

다시 이웃집 얘기로 돌아오자면, 페주다네와 이모네는 앙숙이었다. 서로 말을 섞지 않았다. 아침 인사조차 주고받지 않았다. 아예 본체만체하고 살았다. (앙숙으로 지내는 사이는 이들만이 아니었다. 조제파 외할머니와 이웃에 사는 제로니무 외할아버지의 여동생 베아트리스의 사이도 마찬가지였다. 두 사람이 사는 동네를 '디비종이스*'라고 불렀는데, 이유는 그곳 올리브나무들의 소유주가 여럿이었기 때문이다. 서로 일가친지이고, 벽을 사이에 두고, 현관과 현관이 나란히 서 있는 이웃인데도 관계를 완전히 단절했다. 내 유년의 기억이 미치지 못한 시점부터 서로를 미워해왔다. 나는 그들을 갈라놓은 분노의 원인을 결코 알 수 없었다.)

'페주다'는 당연히 가톨릭교회의 세례명부에 오른 이름을 갖고 있었을 것이다. 주민등록에 오른 이름도 있었을 것이다. 하지만 우리에겐 그저 '페주다', 즉 '왕발이'였다. 이 불쾌한 별명이면 모두가 누구를 가리키는지 알았다.

그러던 어느 날 드디어 일이 벌어지고 말았다(아마 내가 열두 살 즈음이었을 것이다). 그 기억할 만한 날에 나는 현관문 앞 계단에 앉아 있다가 우리의 놀림감 아주머니가 지나

---

* Divisões, 분할이라는 뜻으로 여기서는 소유권 분리를 의미한다.

가는 것을 보았다(그녀를 놀린 건 순전히 빗나간 가족 유대감 때문이었다, 그녀가 내게 못되게 군 적은 정작 단 한 번도 없었다).

그녀를 바라보며 집 안에서 바느질을 하고 있던 이모에게 말했다. 저기 '왕발이'가 지나가요! 문제는 내 목소리가 의도했던 것보다 더 크게 튀어나온 것이었다. '왕발이'가 내 목소리를 들었다. 그녀는 집 앞 계단 앞에서 직설적으로 속내를 드러내며 정당한 분노를 표시했다. 나로서는 별로 유쾌하지 않은 말을 들어야 했다. 그녀는 내가 잘못된 교육을 받은 나머지 리스본의 건방진 녀석이 돼버렸다고 나무랐다(나는 결코 '리스본의 건방진 녀석'이 될 수 없었을 텐데도 말이다). 대도시에서는 어른을 공경하는 법을 가르치지 않아 버르장머리가 없어졌다는 뜻이었다. 당시에 어른 공경은 사회가 제대로 굴러가는 데 꼭 필요한 사회적 의무로 간주되었다. 해지면 남편이 일터에서 돌아올 것인데 그때 모든 것을 전하겠다는 협박을 마지막으로 그녀의 열변이 끝났다.

그날 그 순간 이후는 공포의 시간이었다. 가슴이 졸아들고, 속이 울렁거리고, 최악의 사태가 벌어질지 모른다는 두려움을 가졌다고 고백할 수밖에 없다. 마을 사람들 사이에서 그녀의 남편은 난폭한 사람으로 악명이 높았기 때문이었다. 그래서 밤이 이슥해질 때까지 이웃의 시야에서 완전히 사라질 심산이었다. 그런데 마리아 엘비라 이모가 내 작전을 눈치챘다. 내가 이모네 집 근방 어딘가로 몸을 숨기기 위해 집을 나서려고 하자 이모가 세상에서 가장 차분한 음성으로 말했다. 그 사람이 보통 일터에서 집으로 오는 시간에 맞춰 현관문 앞에 앉아 기다리렴, 널 때리려 들면, 내가 여기 있겠다, 그러니 넌 숨지 말거라!

이모의 말씀은 아주 유용한 교훈이었다. 내가 인생을 살아가는 내내 도움이 되었다. 내가 회피하려들 때마다 내 어깨를 짚어주는 교훈이었다. 지금도 그날의 무척 아름다웠던 석양을 기억하고 있다. (정말로 그 순간이 생생히 기억난다. 나중에 꾸며낸 미사여구가 아니다.)

나는 현관문 앞 계단에 앉았다. 붉은 구름과 보랏빛 하늘을 바라보았다. 그날 내게 무슨 일이 벌어질지 제대로 알 수는 없었다. 하지만 그날 끝에 분명히 나쁜 일이 벌어질 것이라는 것만은 굳게 믿었다.

마침내 해가 지고 그녀의 남편이 도착했다. 사위는 완전히 어두워졌다. 그는 계단을 오르고 현관문을 여닫았다. 드디어 때가 왔구나, 나는 생각했다. 그러나 그녀의 남편은 다시 자기 집 밖으로 나오지 않았다.

지금까지도 나는 그 집에서 무슨 일이 벌어졌는지 모른다. 부인이 그날 일을 남편에게 말했을까? 남편이 듣기는 했지만 교육을 잘못 받은 철부지 소년의 말 한마디가 벌까지 줄 만큼 심각한 건 아니라고 판단한 것일까? 아니면 부인이 그날 벌어진 불쾌한 일을 남편에게 고자질하지 않은 것일까? 아무 잘못이 없는 발을 향해 쏟아지는 비난을 감수하면서 관대한 조치를 취해준 것일까? 부인이 나를 조롱할 만한 말들을 다 생각해두고도, 가령 '말더듬이 녀석' 같은 말들을 이미 다 생각해두고도, 자비를 베풀어 입을 다문 것일까?

확실한 것은 이모가 저녁을 먹자고 불렀을 때 내가 집 안으로 들어가며 느낀 것은 안도감만이 아니었다. 특히 용기 있는 모습을 그에게 보여줄 수 있어서 기뻤다. 물론 우여곡절 끝에 얻은 용기, 이모에게서 빌린 용기였지만 말이다. 하지만 내가 무엇인가를 놓치고 있다는 불편한 감정은 남았다.

차라리 양쪽 귀 잡아당기기, 엉덩이나 종아리를 회초리로 때리기와 같은 벌을 받길 원했을까? 여전히 그런 벌을 받을 만한 나이였으니까. 그 정도로 내 순교자적 갈망이 크지는 않았으리라. 다만 그날 밤에 무엇인가가 풀리지 않은 채로 남았다는 것도 분명했다.

좀 더 깊이 생각해보면, 지금 내가 당시에 벌어진 것이라고 쓰고는 있지만, 잘못 알고 있는 건지도 모른다. 모샹 두스 코엘류스의 저주하던 이웃의 태도가 바로 내가 계속 찾고 있던 두 번째 교훈일지 모른다.

이 대목에서 책 제목을 이렇게 지은 연유를 설명할 필요가 있을 것 같다. 처음에는 이 추억 모음에 '유혹의 책'이라는 이름을 붙일까 생각했다. 하지만 아무리 곰곰이 생각해 보아도 이제까지 내가 다룬 일화나 앞으로 다룰 이야기 대부분이 '유혹의 책'이란 제목과 별 관계가 없어 보였다.

아주 오래전 『수도원의 비망록』을 집필하던 시기에 이 책을 쓰겠노라고 이미 작정해두었다. 그때 초기 아이디어는 무척이나 야심만만했다. 신성성의 재현, 그 인간 정신의 기형적 재현이 인간의 지속적인 속성이자 외관상 파괴할 수 없을 것 같은 동물성을 교란시킬 수 있음을 보여주고 싶었다. 그 신성성이 어떻게 인간 본성을 혼란스럽게 만들고 혼동에 빠지게 하고 방향을 상실하게 만드는지를 보여주고 싶었다.

당시 나는 '안토니우스 성인(聖人)'을 생각했다. 히로니뮈스 보스가 「성 안토니우스의 유혹」이라는 작품에 묘사한 바 있는, 온갖 환영에 사로잡힌 안토니우스를 떠올렸다.[*] 보스는 물론 안토니우스가 성인이라는 사실 때문에 그 작품을 그렸다.

---

[*] 「성 안토니우스의 유혹」은 리스본에 있는 성(聖) 조앙 성당의 제단화이다.

그때 나는 안토니우스 성인이 저 깊은 곳으로부터 인간 본성의 모든 힘을 깨어나도록 만들었다고 생각했다. 가시적인 힘과 비가시적인 힘, 인간 정신의 기괴하고 숭고한 것들, 음탕과 악몽, 숨겨진 욕망 일체와 명백한 죄악 일체를 깨운 것이라고.

대개 회피하는 소재를 단순한 추억의 복원으로 바꾸려는 시도에는 그런 일에 부합하는 제목을 붙이는 것이 더 타당할 것이다(내 문학적 역량이 거창한 계획을 감당하기에는 턱없이 부족하다는 것을 깨닫는 데 그리 오랜 시간이 걸리지 않았다). 그런데 기묘하게도 내 자신이 놓여 있는 처지가 성 안토니우스의 처지와 어떤 점에서 유사하다는 생각을 하게 되었다. 즉 나는 세계의 주체로서, 모든 욕망의 본거지이고, 모든 유혹의 대상일 수밖에 없다. 인간이라면 모두가 그럴 것이다.

가령 우리가 어떤 어린이나 어떤 청소년이나 어떤 어른을 성 안토니우스의 자리에 앉힌다고 쳐보자. 도대체 어떤 차이가 있을까? 상상 속 괴물들이 성 안토니우스를 둘러싸듯 한때 나였던 소년도 오밤중에 무시무시한 공포에 쫓기곤 했다. 지구상의 모든 안토니우스 앞에서 음탕하게 춤추는 전라의 여성도 내가 만난 그 밤의 살진 창녀와 다를 바 없다.

그날 밤 나는 언제나처럼 홀로 '살랑 리스보아' 영화관 쪽으로 걸어가고 있었다. 어디선가 지치고 무심한 목소리가 말을 걸어왔다. 나한테 올래? 그곳은 봉 포르모수 길이었고 그 거리에 있는 계단 모퉁이에서였다. 아마도 열두 살 무렵의 일일 것이다.

히로니뮈스 보스가 그린 환영 가운데 그 무엇도 성 안토니우스와 소년을 비교할 만한 근거가 되지는 못한다고 확신한다면, 그것은 어린 시절 우리 뇌에서 벌어진 걸 기억하지 못하거나 기억하고 싶지 않기 때문일 것이다.

보스의 그림 속에서 바람과 공기를 타고 성인(聖人)을 데리고 다니는 비행(飛行) 물고기는 꿈속에서 공중을 날던 우리 몸과 다르지 않다. 내 몸도 카힐류 비데이라 길의 건물들 사이에 있던 정원들의 공중을 수차례나 날아다녔다. 레몬나무와 비파나무 꼭대기를 스치기도 하고, 간단한 팔 동작만으로 공중으로 솟구치기도 하고, 지붕 위를 날아다니기도 하고.

하지만 성 안토니우스도 내가 체험한 공포를 겪었으리라고는 생각하지 않는다. 그 공포의 악몽은 여러 차례 반복되었다. 그때마다 나는 언제나 가구도, 문도, 창문도 없는 삼각형의 방에 갇혀 있었다. 그런데 그 방에는 '무엇인가'가 존재했다(왜 이렇게 말하는가 하면, 난 결코 그것이 무엇인지를 알아낼 수 없었기 때문이다). 그 '무엇인가'는 음악 소리가 들리기 시작하면 점점 커져갔다. 음악도 늘 같은 것이었다. 내가 방의 한 구석으로 완전히 몰릴 때까지 그것은 계속 커지고 커졌다. 그때쯤 되면 불안감과 숨 쉬기 힘든 질식의 고통 속에서 땀에 흥건히 젖은 채로 밤의 음산한 침묵 속에서 깨어나곤 했다.

그것이 그렇게 대수로운 일이냐고 누군가 말할 수 있다. 아마도 그 이유 때문에 책 제목을 '작은 기억들'로 바꾸게 되었을 것이다. 그렇다. 내가 작은 소년이었을 때의 작은 기억들. 단지 그것을 기록한 것이다.

다시 계속 이야기해보자. 바라타 가족은 후아 두스 카발레이루스 57번지에서 페르낭 로페스 길로 우리 가족이 이사했을 때에 처음으로 내 인생에 들어왔다. 1927년 2월에 우리 가족은 여전히 리스본 모라리아 구의 후아 두스 카발레이루스에 살고 있었을 것이다. 상 조르즈 궁의 포병대가 쏜 대포알이 휘파람 소리를 내며 우리 집 지붕 위를 지나가던 소리가 아직도 귓가에 생생하기 때문이다. 당시 포병대는 에두아르두 7세 공원에 진을 친 반란자들을 향해 포격을 가했다. 상 조르즈 궁의 광장에서부터 직선을 긋기 시작하면, 우리가 살고 있던 건물이 중간 지점이 되고, 리스본에서 군사 반란이 벌어지면 늘 사령부가 들어서던 에두아르두

7세 공원과 영락없이 만난다. 표적의 명중 여부는 단순히 조준과 시야 확보의 문제였다.

내가 처음으로 다닌 초등학교가 마르텡스 페항 길에 있었고, 내가 그 학교에 입학한 나이가 일곱 살이었다. 그러니 우리 가족이 후아 두스 카발레이루스의 집을 떠난 건 내가 초등학교에 입학하기 직전이었을 것이다.

(내가 고려하는 다른 가능성이 있기는 하다. 더 개연성이 있는 가설일지도 모르겠다. 계속 이야기하기 전에 여기에 기록해 두겠다. 그 포격은 1927년 2월 7일의 혁명 기도가 아니라 이듬해인 1928년의 다른 반란일 가능성이 있다. 이미 앞에서 언급한 적이 있는 영화관 '살랑 리스보아'를 나는 아주 어릴 적부터 드나들었다. 그곳은 '삼류 극장'이라는 별명으로 더 잘 알려진 곳으로 모라리아 구의 아르쿠 두 마르케스 드 알레그레트* 옆에 있었다. 다만 아무리 일찍부터 드나들었다고 하더라도 1927년 2월에 겨우 다섯 살의 나이에 불과했는데 영화관을 드나들었을 것 같지는 않다. 그러니 후아 두스 카발레이루스에서 조금 더 살았을 가능성이 있다. 여섯 살이나 일곱 살 때까지 말이다.)

후아 두스 카발레이루스에서 같이 집을 나눠 쓰던 사람

---

* 알레그레트 후작의 아치라는 뜻.

들 중에서는 어느 부부의 아들만 또렷이 기억난다. 이름이 펠릭스였다. 그 친구와 나는 최악의 악몽에 같이 시달렸다. 그 시절 내가 밤마다 꾸던 악몽은 모두 우리가 접한 소름 끼치는 공포 영화 때문이었다. 오늘날 다시 본다면 웃음만 나오겠지만.

바라타 가족은 형제였다. 그중 한 명은 우리 아버지처럼 경찰이었다. 하지만 그 사람은 범죄수사 요원, 즉 형사였다. 우리 아버지는 직급에 따라 거리 방범 순찰이나 경찰서 근무를 하던 치안국 소속 말단 순경에 불과했다. 물론 우리 아버지도 몇 년 뒤에는 부대장(경사)까지 승진하기는 했다.

사복을 입고 다니던 형사와 달리 우리 아버지는 옷깃에 늘 567번이라는 식별번호를 붙이고 다녔다. 지금 눈앞에서 그 모습을 다시 보고 있는 것처럼 기억이 선명하다. 재킷의 두꺼운 옷깃과 니켈을 도금한 황동에 새겨진 아라비아 숫자. 그것이 바로 여름에는 회색 면직물, 겨울에는 청색 두꺼운 모직물로 만든 제복 상의의 지정 번호였다.

형사로 일하던 사람 이름은 안토니우였다. 콧수염을 달고 다녔고, 콘세이상이라는 여자와 결혼한 사이였다. 몇 년 뒤에 부인 콘세이상으로 인해 문제가 생겼다. 우리 아버지와 그 여자 사이에 생긴 일이었다.

우리 어머니가 두 사람의 친밀성에 의심을 품었거나 확실한 증거를 갖게 되었기 때문일 것이다. 그 어떤 잣대를 들이대더라도 도를 넘은 것이었고, 가장 관대한 사람들조차도 용납하기 어려운 관계였던 것 같다.

나는 실제로 무슨 일이 벌어졌는지에 대해서는 결코 정확히 알아낼 수 없었다. 단지 새로 이사 온 집에서 어머니가 안도의 한숨을 내쉬며 내뱉은 몇 마디 말들로 추리하고 상상해본 것이 전부이다.

이것이 두 가족이 함께 살던 파드레 세나 프레이타스 거리에서 우리 가족만 따로 카를루스 히베이루 거리로 이사한 가장 큰 이유인 것 같다. 두 동네 모두 페냐 드 프란사 성당에서 발르 에스쿠루 분지 입구까지 이어지는 산비탈에 만들어지고 있던 중이었다. 카를루스 히베이루 길은 내가 스물두 살에 일다 헤이스와 결혼하기 위해 떠날 때까지 살던 곳이었다.

바라타 형제 중 다른 사람에 대한 기억은 많지 않다. 그래도 그의 생김새는 또렷이 기억난다. 키가 작고 체형이 둥그스름하고 살집이 좋았다. 그때는 그가 무슨 일을 하는지 알았을 것이다. 하지만 지금은 잊어버려서 생각이 나지 않는다. 내가 혼동하는 것이 아니라면, 그의 이름은 주제였을 것이고 그의 부인 이름은 에밀리아였을 것이다.

이 이름들은 모두 망각의 홍수에 휩쓸려 오랜 세월 동안 깊이 파묻혀 있었다. '부정한 콘세이상'이라는 용의자도 마찬가지였다. 필요성이 이 이름들을 소환하자 저 기억의 심연으로부터 순순히 위로 올라왔다. 마치 바닷속 깊이 박혀 있던 코르크 부표가 진흙 더미에서 풀려나 수면 위로 떠오르듯이.

주제와 에밀리아 부부에게는 자식이 둘 있었다. 하나는 도미틸리아, 다른 하나는 레안드루였다. 둘 다 한두 살가량 내 손위였다. 두 사람 모두와 저마다의 이야깃거리가 있다. 그중에 도미틸리아와의 관계는 커다란 행운이었다. 그녀와는 기억해둘 만한 달콤한 사연이 많다.

레안드루 이야기부터 시작해보자. 그 시절 레안드루는 그리 영리해 보이지 않았다. 실제로 영리하지 않았거나, 그것이 아니라면 영리해 보이려는 노력을 전혀 하지 않았던 것 같다. 삼촌 안토니우 바라타는 조카 레안드루에게 에둘러대거나 빗대거나 얼버무리느라 허투루 침을 낭비하지 않았다. 조금도 주저하지 않고 조카를 대놓고 멍청이라고 불렀다.

그 시절에 우리 모두는 조앙 드 데우스의 '국어독본'으로 공부했다. 저자는 일생 동안 훌륭한 인격자이자 탁월한 교육가로서 마땅한 명성을 누렸다. 하지만 그의 교과서는 의도적이건 아니건 간에 사디즘의 유혹에 빠져 있었다. 책 곳곳에 어휘로 된 덫을 놓아두었다. 그는 가학성 유혹을 피하는 방법을 알지 못했고 피하기를 원하지도 않았다. 순진하게 방심했기 때문일지도 모르지만, 읽기의 신비를 다루는 일에 서투르게 마련인 초보자들에게 벌어질 법한 일을 전혀 고려하지 못했다.

레안드루가 삼촌에게서 받던 수업 장면이 떠오른다. 수업 분위기는 늘 격앙되곤 했다(당시 우리는 모라이스 소아르스 근방의 카힐류 비데이라 길에서 살고 있었다). 늘 수업은 레안드루가 따귀를 얻어맞으며 끝이 났다. (손바닥을 때리는 나무 막대기를 당시에는 "눈 다섯 개 달린 소녀"라고 불렀다. 이 체벌과 함께 따귀는 교육 효과를 위한 필수적인 수단으로 여겨졌다.)

불쌍한 레안드루는 난해한 단어와 마주칠 때마다 한 번도 제대로 발음하지 못했다. 불행을 야기한 대표적인 단어가 '아셀가(acelga)'였다. '근대'라는 식물을 가리키는 말이었지만 그는 늘 '아세가(acega)'라고 발음했다.

그럴 때면 삼촌이 늘 으르렁거렸다. 아셀가라고! 멍청아! 아셀가! 레안드루는 벌써 따귀를 예감하며 '아세가'를 반복했다. 삼촌의 공격성도 조카의 초조함도 아무런 소용이 없었다. 이 불쌍한 꼬마는 그를 죽이겠다고 소리치더라도 여전히 '아세가'라고 발음했을 것이다. 분명 레안드루는 난독증을 앓고 있었다. '난독'이란 이 단어는 당시 사전에도 분명히 올라 있는 낱말일 것이다. 하지만 우리의 존경하고 친애하는 조앙 드 데우스의 독본에는 올라 있지 않았다.

도미틸리아와 나는 우리 스스로도 놀랄 만한 일을 벌인 사이였다. 우리 둘은 침대 속에서 원기 왕성한 신랑과 신부처럼 놀았다. 사람의 몸, 손으로 대보고 넣어보고 만지작거리기 위해 존재하는 몸에 관한 모든 것에 호기심을 가진 사람들 같았다.

그때 내 나이가 몇 살이었을까 생각해본다. 아마 열한 살쯤 되지 않았을까. 그보다 더 어렸을지도 모르겠다. (사실 당시 나이를 정확히 아는 것은 어렵다. 우리 가족이 카힐류 비데이라 거리에 있는 같은 집에서 두 번이나 살았기 때문에 더 헷갈린다.)

대담한 소년과 소녀는 회초리로 엉덩이를 얻어맞았다. (우리 중에 누구의 생각이었는지 누가 알겠는가. 다만 내가 주도했을 가능성이 좀 더 큰 것 같다.) 회초리질은 형식적이었다. 강도가 그리 세지 않았다.

우리를 처벌한 뒤에 그 집의 세 여자, 우리 어머니와 바라타 형제의 부인들이 서로 마주 보면서 웃음을 터뜨렸을 것이 분명하다. 내밀한 발견을 하기에 적절한 때가 될 때까지 참을성 있게 기다리지 못한 조숙한 죄인들의 눈과 귀를 따돌린 뒤에 함께 모여서 그랬을 것이다. 그날 나는 집 뒤편 베란다(아주 높은 5층 건물의 베란다)에 쭈그리고 앉아 난간의 쇠막대기 사이에 얼굴을 묻고 울었다. 도미틸리아는 맞은편에 앉아 눈물을 흘리며 나와 함께 있었다. 하지만 우리는 반성 따위는 전혀 하지 않았다.

그로부터 몇 년이 흐른 뒤 파드레 세나 프레이타스 11번지에 살고 있을 때도 그녀와 나 사이에 일이 있었다. 도미틸리아가 고모 콘세이상을 보러 온 적이 있었다. 그날 공교롭게도 그의 고모와 고모부는 물론이고 우리 부모님도 집에 없었다. 우리는 서로의 몸에 대한 접근과 탐색을 위한 충분한 시간을 누렸다. 그날 완벽의 경지에 이른 건 아니었을 것이다. 하지만 우리는 천만금을 주고도 살 수 없는 추억을 만들었다. 아직도 내 눈에는 허리 아래로 벗은 그녀의 몸이 선명하다.

그 뒤에 바라타 형제가 프라사 두 실르에 살고 있었을 때는 내가 그들을 만나러 찾아간 적이 있었다. 그날도 내 눈길은 온통 도미틸리아에게 향했다. 하지만 그때는 우리 둘 모두 성장한 뒤였고 웬만큼은 알 만한 나이였다. 게다가 보는 눈이 많아 우리 둘만의 오붓한 시간을 갖는 것도 힘들었다.

파드레 세나 프레이타스 길에 살 때는 한두 살 손위 사촌과 같이 밤의 일부를 보낸 적도 있었다. (그때 우리 둘이 함께 잠든 것인지 아닌지는 잘 모르겠다. 사촌의 이름은 우리 어머니와 같았다. 마리아 다 피에다드.* 우리 어머니는 그녀의 고모이자 대모였다.) 그날 나는 사촌과 같은 침대에 누웠다. 사촌은 침대 머리맡에, 나는 반대로 침대 발치에 각각 머리를 두었다.

순진한 어머니들은 우리에게 전혀 주의를 기울이지 않았다. 두 어머니는 부엌에서 아이들이 들어서는 안 되는 이야기를 나누려고 우리를 침대로 보내고 잠깐 멈추었던 대화에 다시 몰두했다. 두 어머니는 침대 위에 우리 둘의 위치도 잡아주고, 애정 어린 손길로 담요까지 덮어주고 갔다.

초조한 기다림 속에 몇 분이 흐르자 우리는 심장 박동 소리가 커지는 걸 느꼈다. 침대보와 담요 밑의 어둠 속에서 꼼꼼하게 서로의 몸을 촉각으로 탐색하기 시작했다. 조마조마한 마음속에서도 우리 손길의 행방은 정확했고 우리의 탐색도 매우 체계적이었다. 그뿐만 아니라 해부학적인 관점에서 보아도 우리가 이를 수 있는 가장 유익한 경지에 도달했다. 내가 먼저 개시한 행동이 떠오른다. 내 오른발이 피에다드의 이미 만발한 두덩을 향해 앞으로 나아갔다.

---

* 동정녀 마리아라는 뜻.

작은 어머니 마리아 모가스는 아버지의 형제 중 한 명인 프란시스쿠와 결혼한 사람이었다. 그녀는 밤이 이슥해지자 사촌을 데리고 집으로 돌아가려고 침대로 와서 우리를 깨웠다. 그때 우리는 어린 천사 둘이 잠든 것인 양 어른들을 속였다. 그랬다. 그때는 참으로 순수한 시절이었다.

우리는 파드레 세나 프레이타스 길에서 2년 혹은 3년을 산 것 같다. 스페인 내전*이 발발했을 때 그곳에 살고 있었다. 카를루스 히베이루 거리로 이사한 것은 1937년이나 1938년일 것이다.

내 기억력이 여전히 쓸모가 있기는 하다. 다만 새로운 단서나 날짜가 등장하지 않는다면 과거의 몇 가지 사건들을 시간 속에 정확하게 배치하는 것은 불가능하지는 않겠지만 쉬운 일은 아니다.

지금부터 내가 말하려는 일화는 스페인에서 내전이 벌어지기 전의 일이라는 건 확실하다. 당시 빈민층 사이에 널리 유행하던 오락거리가 있었다. 누구나 자기 집에서 직접 만들어 즐길 수 있었다. (당시에 내게는 변변한 장난감 하나 없

---

* 1936년 7월 17일부터 1939년 4월 1일까지 벌어진 스페인 공화파와 파시스트파의 내전.

었다. 내가 갖고 있는 것이라고는 길거리 행상이 팔던 양철로 엉성하게 만든 장난감이 전부였다.)

그 오락거리는 일종의 축구 게임이었다. 작은 사각형 판 위에다 스물두 개의 못을 박았는데 중앙선을 기준으로 양편에 각각 열한 개씩 배열했다. 현대적인 전술이 등장하기 이전의 축구 선수의 배치를 흉내 낸 것이었다. 맨 앞줄에 포워드 다섯 명을 세우고, 그 뒤로 미드필더 세 명을 배치했다. 미드필더는 영어 그대로 하프스*라고 부르기도 했다. 그 뒤로 수비수 두 명을 배치했는데 영어 그대로 백스(backs)라고 부르기도 했다. 그리고 마지막으로 골키퍼를 배치했다.

축구공으로는 작은 구슬을 쓰기도 했지만 쇠로 만든 작은 공을 더 흔하게 사용했다. 경기 방식은 간단했다. 작은 주걱으로 못 사이사이를 피해 공을 몰고 가다가 골대에 넣으면 1점을 득점하는 식이었다(물론 골대도 있었다). 경기는 번갈아가면서 이쪽에서 한 번, 저쪽에서 한 번씩 주도했다.

이 보잘것없는 것을 놓고 사람들이 웃음을 터뜨리고 즐거워했다. 어른 아이 할 것 없이 모두가 열심이었다. 팽팽한 접전이 벌어지기도 했고 아예 대회가 열리기도 했다. 아주 짧

---

* halfs, 영어로는 단수와 복수가 half, halves이지만 포르투갈에서는 각각 half, halfs로 불렸다.

기는 했지만 지금 돌이켜보면 그 시절이 황금기였던 것 같다. 하지만 이제 곧 알게 되겠지만 모두에게 그 시절이 황금기였던 것은 아니다.

어느 날 우리 집 뒤편 베란다에서 나와 아버지가 마주 앉아 축구 게임을 하고 있었다(돌이켜보면 그 시절 가난한 가족들은 대부분의 시간을 집 뒤편, 특히 부엌에서 보내곤 했다). 나는 바닥에 앉아 있었고 아버지는 작은 나무의자에 앉아 있었다. 그 작은 나무의자는 그 시절 어느 집에서나 흔히 볼 수 있었다. 특히 여성들이 필수품으로 여기던 물건으로 거기 앉아서 주로 바느질을 하곤 했다. 내 등 뒤에서는 안토니우 바라타 아저씨가 서서 경기를 지켜보고 있었다.

우리 아버지는 아들이 이기도록 내버려두는 종류의 사람이 아니었다. 그는 내 서툰 재주를 조롱하며 인정사정없이 골을 넣었다. 한 골 두 골, 골의 행진은 도무지 멈출 줄 몰랐다. 안토니우 바라타는 형사로서 자신이 체포한 사람들에게 효과적으로는 심리적 압박을 가하는 여러 기술을 익혔을 것이다. 그 기술을 익히기 위해 훈련을 제대로 받은 사람이었을 것이다. 그리고 그날 경기에서도 자신의 압박 기술을 적용할 수 있으리라 생각했을 것이다.

그가 등 뒤에서 한 발로 나를 툭툭 차면서 말했다. 네가 지고 있어, 네가 지고 있다니까. 소년은 자신을 패배로 몰아

넣는 아버지, 자존심을 깔아뭉개는 이웃 아저씨를 견디느라고 나름대로 애썼을 것이다. 하지만 불쑥 절망감이 엄습하자 화를 돋우는 이웃 아저씨의 발을 손으로 탁 내리쳤다. (가련한 소년이 내리쳐봤자 얼마나 강했을까. 그 이웃 어른에게는 강아지발톱 수준의 공격이었을 것이다.)

또한 그 누구도 공격하지 않으면서 내뱉을 수 있는 단어 몇 마디를 활용해 자신의 불만을 표출했다. 그만하세요! 소년이 채 말을 다 끝내기도 전이었다. 승리자 아버지가 소년의 얼굴에 따귀 두 대를 날렸다. 그 바람에 소년은 베란다의 시멘트 바닥에 나동그라졌다. 어른을 공경할 줄 모른다는 판단 때문에 벌어진 일이었다.

아버지와 이웃, 두 사람은 모두 경찰로서 공공질서의 정직한 감시자를 자임했다. 하지만 두 사람 모두 깨닫지 못한 것이 있었다. 두 사람 모두 아직 더 성장해야 할 사람을 존중할 줄 몰랐다는 점이다. 그 소년이 자기 이야기와 두 어른의 이야기, 그 슬픈 이야기를 전달하기 위해서는 더 성장해야 한다는 것을.

시간이 더 흐른 뒤에 바로 그 베란다에서 이름이 데오린다라는 소녀와 연애를 시작했다. 그 소녀는 나보다 두세 살 위로 우리가 살던 거리와 평행한 거리에서 살았다. 그녀가 살던 거리의 이름은 트라베자 두 칼라두로 그 집 뒤편이 우리 집 뒤편과 마주 보고 있었다. 분명히 해둘 것이 있다. 그 시절에 연애관계라는 것은 정식으로 제안한 뒤에 오래 유지되는 관계를 맺자는 약속(가령 내 애인 할래? 응, 네가 진지하다면)을 의미하지 않았다. 그런 일은 없었다.

우리는 한없이 서로를 바라보았고 서로 눈짓을 주고받았다. 이 베란다와 저 베란다에서 뜰과 빨랫줄을 내려다보며 얘기를 나누었다. 하지만 진지하게 약속을 맺은 것은 아니었다. 나는 수줍음을 많이 타고 내성적인 성격이었지만 몇 번 그녀 집을 방문했다(내 기억으로 그녀는 할아버지, 할머니와 같이 살고 있었다). 그래도 찾아갈 때는 뭐든지 할 수 있을 것만 같았고 뭐라도 이루고 오리라고 결심했다. 하지만 번번이 아무것도 이루지 못한 채 빈손으로 돌아왔다.

그녀는 얼굴이 작고 둥근 매우 예쁜 소녀였다. 하지만 그 소녀의 충치는 싫었다. 그러나 무엇보다 소녀가 자기 애정을 감당하기에 내가 너무 어리다고 생각하는 것 같았다. 더 적합한 구애자가 없어서 나와 시간을 보내는 것 같았다. 나이 차이가 너무 심해 그녀가 우리 관계를 이미 후회하고 있다고 생각했다. 물론 내 판단이 틀렸을 수도 있지만 지금까지 그렇게 믿고 있다.

결국 나는 우리 관계를 포기했다. 게다가 그 소녀의 성

(姓)은 바칼랴우[*]였다. 당시 나는 이미 단어의 소리와 뜻에 매우 민감했다. 그랬으니 내 부인이 평생 데오린다 바칼랴우 사라마구[**]라는 이름을 지고 살길 원치 않았다.

어느 자리에서인가 내가 어떻게 사라마구[***]라는 성을 갖게 된 것인지 얘기한 적이 있다. 사라마구는 원래 우리 아버지의 성이 아니었다. 사라마구는 우리 마을에서 아버지 집안을 부르던 별명이었다. 그런데 어떻게 별명이 성으로 둔갑한 것일까.

아버지가 둘째 아들의 출생신고를 하려고 골레강에 있는 관청사무소에 방문했을 때의 일이다. 당시 담당 공무원(그의 이름은 실비누였다)은 술에 취한 채 출생신고를 접수했다(아버지는 그가 앙심을 품고 저지른 일이라고 늘 비난해왔다). 그는 알콜의 힘을 빌려 홀로 위험을 무릅쓰고 아무도 모르게 성을 바꾸는 일을 저질렀다. 우리 아버지가 원하던 성명 '주제 드 소자'라는 간결한 이름 뒤에 사라마구를 추가한 것이다. 그렇게 내 이름은 '주제 드 소자 사라마구'가 되었다.

---

[*] Bacalhau, 소금에 절인 대구.
[**] 남편 성을 쓰는 전통에 따라 '바칼랴우 사라마구'로 불리게 될 것이라는 뜻이다.
[***] 야생 무라는 뜻이다.

모두 나중에 밝혀진 사실이다. 이름이 바뀌는 과정에 신이 개입한 것이 분명했다. 이 경우는 술의 신, 과음을 즐기는 이들의 신인 바쿠스가 개입했다고 볼 수 있다. 훗날 내가 집필한 책에 서명하기 위해 필명을 새로 만들 필요가 전혀 없었다. 내가 아지냐가 마을에 사는 사람의 성씨 가운데 한 명으로 태어나지 않은 것은 행운이었다. 실로 엄청난 행운이었다. 그러지 않았다면 그때나 그 이후에나 아지냐가 남자들이 감수해야 했던 피샤타다, 쿠호투, 카랄랴나* 등 천박하기 짝이 없는 별명을 견뎌야 했을지도 모를 일이니까.

우리 가족은 사라마구라는 성으로 내가 인생을 시작했다는 사실을 일곱 살이 될 때까지 아무도 모르고 있었다. 아들을 초등학교에 입학시키기 위해 출생신고서를 제출해야 했을 때 관료주의의 늪 속에 가라앉은 진실이 수면 위로 부상했다. 아버지는 격노했다. 수도 리스본으로 이사한 뒤부터는 시골뜨기를 연상케 하는 별명인 사라마구를 더더욱 싫어했기 때문이다.

하지만 아직 최악의 일은 벌어지지 않은 상태였다. 아버지 이름은 증명서에 간결하게 '주제 드 소자'로 적혀 있었다. 그러자 엄격하고도 의심의 눈초리를 가진 법(法)이 왜 아들

---

* 모두 남성 해부학과 관련된 단어로 성기, 엉덩이, 고환을 가리킨다.

만 '주제 드 소자 사라마구'라는 완전한 성명을 갖춘 것인지 의문을 표했다.

관청은 이 모든 문제를 단박에 해결할 방법을 아버지에게 통지했다. 결국 아버지는 자신의 성명을 재등록하는 절차를 밟았다. 그렇게 아버지의 이름도 '주제 드 소자 사라마구'가 되었다. 아마도 이것은 인류 역사에서 유일한 사례가 아닐까 싶다. 아들이 아비에게 성을 주었으니.

그렇긴 하지만 그 결정이 우리 가족이나 인류에 많은 것을 기여한 것 같지는 않다. 왜냐하면 우리 아버지는 이 조치에 대한 반감을 결코 누그러뜨리지 않았다. 언제나 자신을 '소자'로만 불러주길 원했고 늘 그렇게 부르게 만들었기 때문이다.

어느 날 우리 이웃에 살던 청년이 실성해버린 일이 있었다(여전히 파드레 세나 프레이타스 거리에 살고 있던 때의 일이다). 서로가 잘 알고 지낸 이웃이라고 말하는 것이 아니라 같은 길에 살았기 때문에 이웃이라고 말하는 것이다.

그 청년은 아마도 20대였을 것이다. 사람들이 말하기를 그가 너무 책을 많이 읽고 너무 많이 공부한 나머지 정신 줄을 놓아버렸다고 했다. 마치 돈키호테 영감처럼.

그가 발작을 일으킨 것이 기억난다. 그것은 우리 가족이 처음이자 마지막으로 목격한 발작이었다. 그 이후에 우리 가족은 그 청년에 대한 소식을 더 이상 들을 수 없었다. 그저 힐랴폴르스에 입원했을 것이라고 추정할 뿐이었다. 힐랴폴르스는 우리가 알고 있던 정신병원의 이름이었다.

그날 우리는 집 밖에서 들려오는 비명을 들었다. 가슴이 찢어지는 고통을 느끼는 듯한 소리였다. 우리 즉 어머니와 콘세이상 아주머니, 나는 무슨 일이 벌어지는지 알아보려고 창문께로 달려갔다. 그 청년은 길 건너편에서 우리 집보다 높은 건물의 꼭대기 층에 살았다. 우리 집에서 보면 오른편에 위치한 건물로 세사리우 베르드 길과 붙어 있었다.

그날 우리는 그가 여러 번 창가로 모습을 드러내는 걸 보았다. 마치 그곳에서 뛰어내리기라도 하려는 것만 같았다. 왜 그렇게 생각했느냐 하면 바로 청년의 등 뒤에서 손들이 나타나 그를 붙잡아갔기 때문이었다.

그는 몸부림치며 비명을 질렀다. 마치 심장이 두 동강이라도 난 듯한 소리였다. 그리고 같은 말을 반복했다. 오! 상투 일라리우! 오! 상투 일라리우! 왜 그가 일라리우 성인(聖人)을 부르는지 이유를 결코 알 수 없었다.

곧이어 구급차가 나타났다. 아마도 소방서에서 보낸 구급차일 것이다. 그는 구급차에 실렸고 다시는 돌아오지 않았다. 적어도 우리가 그곳에서 살고 있을 때는 다시는 그를 보지 못했다.

그즈음 나는 이미 샤브레가스에 있는 아폰수 도밍게스 산업학교에서 공부하고 있었다. 상 비센트 드 포라 수도원에 부설되어 있던 질 비센트 중학교에서 2년간 공부하고 나서 입학한 학교였다.

내 짧은 학력을 정확히 기술하면 다음과 같다. 나는 고작 열 살 때인 1933년에 중학교에 입학했다(수업은 10월에 시작했고, 내 생일은 11월이었다). 그곳에서 1933년부터 1935년까지 2년간 공부했다. 열세 살 즈음에는 아폰수 도밍게스 산업학교에 입학하기 위해 중학교를 떠났다.

여기서 한 가지 고려할 것이 있다. 당시 일반 중학교 교육과정에는 기술 과목들인 현장실습, 역학, 기계 설계 등이 포함되어 있지 않았다. 그렇다 보니 아폰수 도밍게스 산업학교에 입학하고 나서 기술 교과는 1학년부터 다녔다. 하지만 나머지 일반교과는 이미 중학교에서 공부했다는 이유로 2학년부터 다녔다.

따라서 산업학교에서 내가 공부한 이력은 다음과 같다. 1935년과 1936년에는 기술교과 1학년과 일반교과 2학년, 1936년과 1937년에는 기술교과 2학년과 일반교과 3학년, 1937년과 1938년에는 기술 3학년과 일반 4학년, 1938년과 1939년에는 기술 4학년과 일반 5학년, 그리고 1939년과 1940년에는 기술 5학년.

사메이루 소풍은 1939년 학기 말에 있었던 일이다. 앞서 말했듯이 그 소풍에서 내가 말이라는 걸 처음 타봤다. 그 말은 내가 안장에서 내려올 때에 눈길조차 주지 않아 나를 서운하게 만들었다. 그해 말에는 졸업 시험도 치렀다. 시험 직전에는 친구들과 놀면서 뜀박질을 하다가 왼발을 삐는 불운을 겪었다. 그 때문에 발뒤꿈치 뼈에 금이 가서 한 달이 넘도록 무릎까지 석고 깁스를 하고 다니기도 했다.

내가 깁스를 하고 다닐 때는 등자라고 부르던 도구, 즉 석고에 박혀 있던 휜 금속막대 덕분에 석고 밑바닥을 땅에 대고 설 수 있었다. 그때 친구들은 이 '석고 부츠'에다가 서명, 그림, 낙서로 축하의 말을 잔뜩 남겼다. 친구 중 한 녀석은 이 석고 부츠를 수학 시험용 커닝 페이퍼로 활용하면 좋겠다는 아이디어도 내놓았다. 식은 죽 먹기다! 그저 바지만 걷어 올려라! 나는 그 친구의 기발한 조언을 따르지 않았지만 시험은 무사히 통과했다.

이 세상에 내가 출현한 것과 관계가 있는 또 다른 에피소드가 있다. 이제 그 얘기를 하기에 적당한 시점이 된 것 같다.

성(姓)이 불러온 민감한 정체성 문제로도 모자랐는지 또 다른 일이 벌어졌다. 바로 생일 문제였다. 나는 실제로는 1922년 11월 16일 오후 2시에 태어났다. 하지만 주민등록부에는 11월 18일로 기록되어 있다.

그렇게 된 이유는 간단하다. 당시 내가 태어났을 때 아버지가 우리 마을 밖에서 일하고 있었기 때문이다. 마을에서 멀리 떨어진 곳이었다. 아들의 탄생 순간을 지켜보지 못한 것은 물론이고 내가 태어난 날에 아버지는 귀가할 수조차 없었다. 아마 17일에 집에 돌아온 것 같은데 그날은 일요일이었다. 오늘날과 마찬가지로 당시에도 출생신고는 30일 이내에 완료해야 하는 일이었다. 위반하면 벌금을 물어야 했다.

가부장제가 강하던 시대에 친자의 출생신고는 마땅히 가부장인 아버지의 일이었다. 어머니나 다른 친척이 출생신고를 한다는 건 아무도 상상할 수 없었다. 공식적으로는 아버지가 출생한 자녀의 유일한 조상으로 간주되던 시절이었다(질 비센트 중학교의 학적부에도 어머니의 이름은 없었고 아버지의 이름만 기록되었다).

그러니 모두가 아버지의 귀환을 기다렸고 벌금을 물지 않기 위해 실제 출생일보다 이틀 늦게 18일에 출생신고를 했다(벌금 액수가 얼마였건, 그것이 아주 소액일지라도 당시 우리 가족의 생계에는 큰 부담이었을 것이다).

그렇게 문제는 해결되었다. 아지냐가에서 생계를 꾸려가

는 건 고되고 힘들었다. 마을 남자들은 자주 마을 밖의 먼 곳으로 일하러 가곤 했다. 몇 주 동안 집에 돌아오지 못한 일도 비일비재했다. 그랬으니 출생신고가 늦은 것은 내가 첫 사례도 마지막 사례도 아니었을 것이다. 신원증명서의 기록보다 이틀 더 늙은 채로 죽게 될 것이다. 그저 아무도 그 사실을 눈치채지 못하길 바랄 뿐이다.

내가 살던 층의 오른편에는 부부와 어린 아들 하나로 이루어진 가족이 살았다(우리 가족이 여전히 파드레 세나 프레이타스 거리에 살고 있을 때의 일이다). 남자는 도자기 공장에서 채색을 하는 사람이었다. 그가 일하던 곳은 라르구 두 인텐덴트에 있는 비우바 라메구 도자기 공장이었다.

부인은 스페인 사람이었다. 스페인의 어느 지역 출신인지는 모르겠지만 이름은 카르멘으로 기억한다. 아들은 금발 소년으로 당시 세 살가량 되었을 것이다(나는 그를 세 살배기로만 기억한다, 우리 가족이 거기 살던 동안에 전혀 성장하지 않은 것처럼).

남편과 나는 가까운 친구였다. 이 사실이 신기해 보일지 모르겠다. 그는 어른이었고 내 작은 인간관계의 세계에서 범상치 않은 직업을 가진 사람이었으니까. 반면 나는 매우 까다로운 청소년이었다. 의문도 넘쳤고 확신도 넘쳤다. 당시 내가 품고 있는 의문과 확신에 대해 제대로 인식하고 있었던 것은 아니지만.

남편의 성은 샤베스였다. 이름은 기억나지 않는다. 어쩌면 그의 이름을 몰랐을 수도 있다. 그때도 그분은 늘 내게 샤베스 씨였으니까. 일을 더 빨리 끝내려고 그랬는지, 아니면 초과수당을 벌려고 그랬는지 그는 늘 집에서 밤늦게까지 도자기를 만들곤 했다. 내가 그를 보러 갈 때는 그렇게 밤늦게까지 일을 하던 때였다.

문 앞에서 그를 부르면, 언제나 부인이 문을 열어주었다. 그녀는 늘 퉁명스럽게 나를 대했다. 사실 내게 관심조차 기울이지 않았다. 나는 곧장 비좁은 부엌으로 향했다. 그곳에는 독서용 램프가 도자기공의 녹로를 비추고 있었다. 바로 그곳에서 그가 작업에 몰두하고 있었다. 또 그곳에 등받이도 팔걸이도 없는 키 큰 의자가 하나 있었다. 내가 앉을 의자였다. 이미 그곳에 놓인 채로 나를 기다리고 있었다.

그는 유약을 바른 도자기를 완전히 회색빛으로 채색했는데 나는 그 모습을 지켜보는 걸 좋아했다. 그렇게 채색된 도자기는 구워진 뒤에는 유명한 청색 톤의 도자기로 바뀔 것이었다. 꽃, 고등, 아라베스크 무늬, 소용돌이무늬가 그의 붓질 끝에서 나타나는 내내 우리는 서로 이야기를 주고받곤 했다.

당시 나는 어렸고 인생 경험도 많이 부족했다. 하지만 그 예민하고 섬세한 남자가 고독감을 느끼고 있다는 걸 직관적으로 알아챘다. 그리고 지금도 확신하고 있다. 나는 그의 집을 자주 방문했다. 우리 가족이 카를루스 히베이루 길로 이사하고 나서도 내 방문은 계속되었다.

한번은 시 한 편(8음절 4행시)을 들고 간 적이 있었다. 그가 심장 모양의 작은 접시에 내 시를 옮겨 적어주었다. 이제 막 연애를 시작한 일다 헤이스에게 바치는 시였다. 기억이 틀리지 않는다면 그것이 내가 처음으로 쓴 '시 작품'이었다.

그때 내 나이가 18세 무렵이었다는 걸 생각한다면 첫 시작이 다소 늦었다고 말할 수 있다. 그랬지만 내 친구 샤베스 씨는 칭찬을 아끼지 않았다. 조구스 플로라이스(Jogos Florais)에 출품해야 한다고 권하기도 했다. 조구스 플로라이스는 매력적인 시 작품 경연대회로 당시에 아주 유명했다. 오직 출품된 시들의 순진함이 조롱을 피하게 해주는 유일한 요소였다.

하여튼 내 영감의 산물은 이렇게 기도하고 있었다.

조심! 아무도 듣지 않기를
네게 전할 비밀을
네게 도자기 심장을 주겠네

독자들도 내가 상을 받을 만하다고 인정해주길 기대한다. 당선작은 아닐지라도 최소한, 최소한 가작은 된다고.

그 부부는 서로를 잘 이해하는 것 같지 않았다. 스페인 출신 부인은 비호감인 데다 포르투갈 느낌이 나는 모든 것을 혐오스럽게 생각했다. 남편이 참을성이 많고 품위가 있고, 신중하고 절제된 언어를 구사하는 사람이었다면, 부인은 까탈스러운 성격으로 키가 크고 덩치가 우람한 군인 스타일의 여자였다. 그녀는 카몽이스*의 언어를 가차 없이 망가뜨리는 천박한 언어를 남발했다.

하지만 그것은 차라리 나은 편이었다. 그녀의 공격적인 성격이야말로 최악이었다. 나는 그 집에서 처음으로 라디오 세비야 방송을 듣기 시작했다. 그때는 스페인에서 전쟁이 벌어지고 난 뒤였다. 이상하게도 나는 그들이 내전 당시 어느 편이었는지 알 수 없었다. 부인이 스페인 출신이었는데도 그랬다. 그렇지만 부인 카르멘이 전쟁 초기부터 프랑코 편이 아니었을까 생각한다.

라디오 세비야를 들으며 내 머릿속은 뒤죽박죽이 되었고

---

* Luís Vas de Camões, 포르투갈 최고 시인.

오랫동안 그 혼란에서 벗어나지 못했다. 민족주의자 케이포 데 야노 장군은 자주 이 라디오 방송에 출연해서 프랑코파의 주장을 전파하곤 했다. 두말할 나위도 없이 그의 연설은 한마디도 생각나지 않는다. 다만 내 기억 속에 영원히 남아 있는 것이 있다.

그것은 계속 라디오에서 흘러나오던 CM 송이었다. 가사는 이랬다. 아! 참으로 아름다운 색깔, 레비 페인트가 최고야! 사실 이 광고는 특별할 것이 없었을지도 모른다. 선동적인 발언이 끝나자마자 흘러나온 이 유쾌한 CM 송을 사실은 케이포 데 야노 장군이 직접 불렀다는 것을 몰랐다면 말이다. 이것은 스페인 내전에 관한 '작은 뒷얘기'에 불과할 것이다. 부디 사소한 일에 집착하는 걸 용서하시라.

더욱 심각한 일도 있었다. 내가 공화파 군과 쿠데타 군의 전진과 후퇴를 표시하기 위해 색깔 핀을 꽂아놓은 스페인 지도를 몇 달 뒤에 쓰레기통에 던져버린 일이었다. 내 유일한 정보 출처가 검열당한 포르투갈 신문이었다는 걸 언급할 필요는 없을 것이다. 그리고 그 신문이 라디오 세비야와 마찬가지로 공화파의 승전 소식은 절대로 전하지 않을 거라는 것도.

솔직히 말하자면 내게도 난독증의 징후나 그 유사 증세

가 좀 있었다. 레안드루만 난독증을 앓은 것이 아니었다. 가령 나는 '사세르도트*'를 '사케르도트'로 읽을 수 있다고 고집을 피우곤 했다. 그러면서도 내가 헷갈리는 것은 아닐까 하는 의문도 갖고 있었다. 그래서 그 단어를 발음해야 할 때면, 내가 발음하는 단어를 제대로 듣지 못하도록, 내가 잘못 발음하는 단어를 교정하지 못하도록 얼버무리는 방법을 만들어내기도 했다. (사제란 단어는 '박식한' 단어에 해당되기 때문에 이 단어를 발음해야 하는 일이 많지는 않았다. 오늘날에는 사제의 수 자체도 적기 때문에 더더욱 사제를 발음하는 일이 적을 것이다.)

내가 이른바 의심의 이득이라는 걸 처음으로 만들어낸 것은 맞을 것이다. 일정한 시간이 흐른 뒤에 스스로 문제를 해결하는 데 성공했다. 그 단어가 내 입에서 정확하게 발음되어 나오기 시작했다. 내 발음을 끊임없이 의심하면서 교정하는 데 성공한 것이다.

내 혀를 꼬이게 하는 다른 낱말들도 있었다(모두 초등학교 시절에 벌어진 일이다). 가령 '사카베넨스'라는 단어였다. 이 단어는 사카벵 출신 사람을 가리키는 말이었다. 사카벵은 리스본이라는 탐욕스러운 거대 공룡이 삼켜버린 외곽

---

* sacerdote, 가톨릭 사제라는 뜻.

지역이었다. 또한 그 말은 축구단의 이름이기도 했다. 이 클럽이 시간의 부침 속에서, 2군과 3군의 연옥에서 살아남는 데 성공했는지는 모르지만.

하여튼 당시에 나는 이 단어를 어떻게 발음했을까? 아마 내 발음을 들은 사람들 모두가 충격을 받은 뒤에 수군거렸을 것이다. '사카나벤스*'라고 발음했으니. 지금도 나는 탈선한 음절의 위치를 바로잡는 데 성공했을 때의 안도감을 또렷이 기억한다.

다시 카발레이루스 거리로 돌아가보자. 우리 집 뒤편은 기아 길로 이어졌다. 기아 길은 한때는 수자 길**로 불리기도 했다. 이 기아 길을 따라가면 유명한 카펠랑 길과 만난다. 카펠랑 길은 기타 선율과 브랜디 몇 잔이 꼭 생각나는 곳이다.

파두***의 가사, 또는 마리아 세베라****와 마르케스 드 마리알바*****의 추억 속에서 운명적이고 필연적인 공간으로 꼭 등장

---

*   sacanavense, sacana는 자위행위, 성적 방종을 뜻하는 단어.
**   Rua Suja, 더러운 길, 즉 가난한 사람들의 길이라는 뜻이다.
***   fado, 포르투갈의 구슬픈 민요.
**** Maria Severa, 1820~1846, 최초의 파두 가수.
***** 마리아 세베라의 허구적 연인으로 노랫말에 등장한다.

하는 곳이 바로 카펠랑 길이다.

그 길 어디에서건 고개를 들어 올려다보면 성이 보였다. 성을 보면 포병대의 포격에 대한 기억이 떠올랐다. 저 위에서 날아온 대포알이 소리를 내며 우리 머리 위를 지나던 기억이 아직도 생생하다. 거기서도 우리는 꼭대기 층에 살았다. (우리 가족은 주로 꼭대기 층에 살았다. 임대료가 가장 저렴했기 때문이다.) 그곳에서 그 시절의 임대차 광고에 적혀 있듯이 '방 한 칸 임대와 공동부엌 이용' 조건으로 살고 있었다.

그 광고에 욕실 얘기는 아예 없었다. 이유는 간단하다. 욕실이라는 호사를 누릴 수 없었기 때문이었다. 셋방에는 욕실 자체가 없었다. 부엌 한 귀퉁이에 하수관이 있기는 했다. 덮개 없는 그 관은 고스란히 외부로 노출되어 있었다. 그곳에 모든 종류의 음식물과 배설물, 그것이 액체건 고체건 모두 다 내다버렸다.

내가 『서도와 회화 안내서(Manual de Pintura e Caligrafia)』의 한 대목에서 하수관을 이용하는 여자들을 묘사한 적이 있다. 하수관은 천으로, 대개는 티 없이 깨끗한 흰색 천으로 덮어둔다. 그 천을 걷고 사람이 밤낮으로 싸고 뱉은 것 일체를 담은 용기를 들이붓는다. 그 용기는 요강, 통, '침 뱉는 통' 등으로 불리는데, 그중 '침 뱉는 통'이란 말이 가장 꺼리는 단어였다. 가난한 사람들이 보기에도 그 단어는 상스러워 보여서 도무지 받아들이기 어려웠기 때문일 것이다. 반면 요 강이라는 말은 좀 더 고상하게 여겨져서 자주 사용했다.

카발레이루스 길의 집은 악몽에 시달렸던 시기와 관계가 깊다. 꼭대기 층에 있는 집까지 가려면 늘 가파르고 좁은 계단을 올라야 했다. 그 시절 나는 잠들었을 때나 깨어 있을 때나 늘 악몽으로 괴로워했다. 밤이 당도하는 것만으로 공포는 시작되었다. 사방에서 검은 그림자들이 몰려들고, 어느 구석에 자리 잡은 괴물 하나가 발톱을 내밀기 시작했다. 그 악마의 몸짓이 나를 공포의 늪으로 몰아넣곤 했다.

그 시절에는 부모님과 한 방을 썼다(이미 말했듯이 이 방이 우리 가족의 유일한 방이었다). 부모님은 침대에서 주무셨고 나는 바닥에서 잤다. 그 바닥에서 나는 공포에 몸을 부르르 떨면서 부모님을 부르곤 했다. 침대 밑, 옷걸이에 걸린 외투 속, 옷장의 기울어진 모양, 의자 속에서 묘사하기 어려운 존재들이 움직이고 있어서였다. 그것들은 잡아먹기 좋은 때를 기다렸다가 언제든지 덮칠 태세로 나를 위협하고 있었다.

이런 공포는 모라리아 구에 있는 유명한 삼류 극장에서 비롯된 것이라고 생각한다. 그 극장에서 친구 펠릭스와 접한 수많은 영화로부터 공포의 자양분을 섭취했을 것이다.

론 채니[*]가 보여준 천 개의 얼굴로부터, 인간 말종에 속하는 사악하고 냉소적인 사람들, 유령이 나타나는 환상, 초자연적인 마법, 저주받은 탑, 칠흑의 지하통로, 그리고 그 당시 유년의 뜰에 존재하던 모든 사물로부터, 헐값으로 팔리던 개인적이고 집단적인 불안으로부터.

언젠가 우리가 본 영화 중에는 낭만적인 저녁에 발코니에 앉아 사랑하는 여자를 골똘히 생각하는 '주인공'이 등장하는 영화가 있었다. (그 시절에도 사람들은 주인공이라는 용어를 썼다. 하지만 우리는 삼류 극장의 영화에 등장하는 주인공들을 가리지 않고 '그 남자'라는 말로 통칭했다.) 그 남자는 난간 위에 오른팔을 올리고 밖을 바라보며 휴식을 취하고 있었다.

그 순간 집 밖의 어둠 속에서는 검은 그림자 하나가 잠시 주저하다가 주인공이 사는 건물 외벽을 기어오르기 시작한다. 음침한 복면을 쓴 그림자는 지켜보는 사람들조차 지루할 정도로 느릿느릿 오른다. 이윽고 복면의 나환자가 주인공의 하얀 눈 같은 손 위에 병으로 망가진 자기 손을 포갠다. 순간 주인공에게 한센병이 전염된다. 인류 질병의 역사 전체를 통틀어봐도 이렇게 빨리 병이 전염된 사례는 없었을 것

---

[*] Lon Chaney, 1883~1930, 미국의 공포 영화 배우.

이다.

그 영화가 만들어낸 공포의 효과는 바로 나타났다. 그날 밤 펠릭스와 같은 침대에서 자고 있을 때였다(바닥이 아니라 침대에서 자게 된 이유는 잘 모르겠다, 하여튼 침대에서 자는 것은 매우 드문 일이었다). 새벽녘 짙은 어둠 속에서 깬 적이 있었는데 영화 속 나환자가 내 눈앞에 출현했다. 침실 한복판에서도, 공동 부엌에서도 보였다. 영화에서 봤던 것과 똑같았다. 검은 옷을 입고, 삐쭉 튀어나온 복면을 쓰고, 머리 높이에 달하는 기다란 지팡이를 들고 서 있었다. 나는 잠자고 있던 펠릭스를 흔들어 깨운 뒤 귀에다 대고 속삭였다. 봐! 저기 봐! 그가 고개를 돌렸고 내가 본 것과 똑같은 걸 봤다. 나환자를 본 것이다. 이 현상을 설명할 수 있는 사람이 있다면 부디 알려주시길.

우리는 공포에 사로잡혀 이불 속으로, 심지어 입고 있던 옷 속으로 머리를 숨겼다. 공포와 공기 부족으로 숨이 막혔다. 하지만 간신히 용기를 내어 침대보 밖으로 얼굴을 내밀어 그가 사라진 것을 확인하고 무한한 안도의 한숨을 내쉴 때까지 견뎌야 했다.

영화의 마지막 대목에서 남자 주인공의 병은 완치되었다. 로르드스의 동굴에서 몸을 씻도록 이끈 신앙의 힘 덕분이었다. 그는 병든 몸으로 물속에 들어갔다가 깨끗이 나은 몸으로 걸어 나와 여주인공의 팔에 안겼다. 우리는 영화 속에 등장하는 '순진한 처녀'들도 가리지 않고 '그 여자'라고 불렀다. 남자 주인공, 여자 주인공처럼 존중의 용어를 쓰지 않았다.

이 공포는 우리 가족이 페르낭 로페스 길로 이사한 뒤에야 끝이 났다. 물론 그곳에는 새로운 공포, 바로 개에 대한 공포가 나를 기다리고 있기는 했다.

카발레이루스 길의 집에는 다락방이 있었다. 나중에 이사 간 페르낭 로페스 길의 집에도 물론 다락이 있었다. 카발레이루스 집의 뒤편에서 아래를 내려다보면 아찔할 정도로 높은 곳에 우리 집이 있다는 걸 실감하곤 했다. 나중에 시간이 흘러 어른이 되고 나서도, 나는 높은 곳에서 추락하는 꿈을 자주 꾸곤 했다. 하지만 그 단어 '추락하다'를 문자 그대로 해석해서는 안 된다. 즉 아무런 저항도 없이 땅으로 곧바로 떨어지는 걸 의미하지 않는다. 꿈속에서 나는 아주 천천히 추락했다. 가볍게 아래층 발코니를 스치고, 널어놓은 빨래와 꽃이 핀 화분을 지나 기아 길의 조약돌 위로 부드럽게 착지까지 했다. 내 몸은 전혀 다치지 않은 채.

또 다른 기억도 생생하다. 그때 나는 어머니의 심부름을 자주 가곤 했다. 우리 집 앞의 식료품점에 소금을 사러 가곤 했다. 소금을 들고 좁고 가파른 계단을 오를 때는 왼뿔

형 종이 통을 열고 소금 알갱이 몇 알을 입에 넣어보곤 했다. 혓바닥에서 소금이 녹을 때마다 친근하면서도 낯선 맛을 느끼곤 했다.

가장 원시적인 음료수 맛을 발견하는 것도 그 시절이었다. 물과 식초와 설탕이 혼합된 액체가 목을 타고 내려갔다. 그때의 맛은 훗날 『예수복음』에서 예수 그리스도가 최후의 갈증을 해소하기 위해 들이켜던 음료수 맛을 묘사하는 데 도움이 되었다. 예수 그리스도는 설탕이 빠진 음료수를 마셨지만.

그 시절에 '예술적' 그림도 배우기 시작했다. 황새 그리는 법과 대서양을 오가는 정기선을 그리는 법을 배웠다. 늘 같은 선을 수없이 반복하면서 완벽하게 그리는 연습을 했다. 아마도 그 때문에 싫증이 나서 그림 배우기를 중단한 것 같다. 그 이후에는 소재가 무엇이건 간에 그림을 그리는 일에는 젬병이었다. 다만 수 년이 흐른 뒤에 아폰수 도밍게스 산업학교에서 직접 접하게 된 엔진 부품을 의무적으로 그려야 했던 일은 예외였다(자동차 카뷰레터의 단면도를 그리는 일은 14세 소년의 제한적인 연역적 사고력보다는 셜록 홈스의 통찰력에 더 적합해 보이는 숙제였는데도).

황새와 정기선 그리는 방법을 가르친 사람은 펠릭스의 아버지였다. 이제 막 생각이 났는데, 그는 응용교육학의 좋은 방법론과 관련해 아주 명확한 입장을 갖고 있었다. 그는 책상 다리에 자기 아들의 발목을 양털실로 묶어놓곤 했다. 학교 숙제를 완전히 마칠 때까지 내내 그렇게 내버려두었다. 당시 나는 아직 학교에 다니지 않았는데, 펠릭스가 수치심을 느낄 때마다 늘 그와 함께 있었다. 그리고 언젠가 우리 부모님도 내 발목을 묶어놓지 않을까 생각하곤 했다.

영화관에서 충격적인 공포만 느낀 것은 아니었다. 반바지와 스포츠머리의 소년들이 입장할 수 있었던 영화관에서는 코미디물도 자주 상영했다. 대부분은 단편 작품이었다. 찰리 채플린, 버스터 키튼, 홀쭉이와 뚱뚱이(라우렐과 하디) 등이 주인공이었다.

하지만 내가 가장 좋아하는 배우들은 롱과 쇼트였다. 오늘날 이들은 망각 중에서도 절대적인 망각의 대상이 되어버린 것 같다. 그들에 대해선 아무도 글을 쓰지 않고 그들이 등장하는 영화도 텔레비전에 방영되지 않는다.

그 영화 대부분을 아르쿠 두 반데이라 거리에 있는 '시네마 아니마토그라푸 극장'에서 봤다. 나는 그 영화관을 자주 드나들었다. 그곳에서 롱과 쇼트가 방앗간 주인이 되려고 갖은 노력을 기울이는 걸 보면서 얼마나 웃었는지 모른다 (지금도 그들의 모습이 생생하다).

시간이 한참 흐른 뒤에야 그들이 덴마크 사람들이란 것을 알게 되었다. 키가 크고 마른 사람은 카를 셴스트롬이고, 키가 작고 뚱뚱한 사람은 하랄 마센이다. 그 같은 신체 특징을 고려한다면 언젠가 그들이 돈키호테와 산초 판사를 연기하리라는 것을 예상할 수 있었다. 아니나 다를까 1926년에 그들은 돈키호테와 산초 판사가 되었다. 하지만 그 영화를 보지는 못했다.

내가 좋아하지 않은 배우도 있었다. 해럴드 로이드였다. 지금도 여전히 그를 좋아하지 않는다.

지금까지 친할아버지와 친할머니에 대해서는 말하지 않았다. 시인 무릴루 멘지스[*]가 지옥에 관해 언급한 것처럼, 그들은 존재했지만 아무런 역할을 하지 않았다. 친조부의 성명은 조앙 드 소자였고, 친조모는 카롤리나 다 콘세이상이었다.

두 사람 모두 애정을 주는 일에 매우 인색했다. 두 사람과 내가 자주 보지 못한 것도 사실이다. 애정을 주고받는 일에 마음의 준비가 얼마나 되어 있는지 서로 알아갈 기회 자체가 부족하기는 했다.

---

[*] Murilo Mendes, 1901~1975, 브라질 초현실주의 시운동의 선구자 중 한 명.

나는 두 분을 드물게 만났지만 매번 그들에게서 냉정함을 느끼곤 했다. 그것이 나를 주눅 들게 만들었다. 그 상황에서는 내가 할 수 있는 일이 아무것도 없었다. 나는 관계를 개선하려는 노력도 악화시키려는 시도도 하지 않았다. 사정이 이렇다 보니 자연스럽게 외조부모님 댁과 모샹 드바이스의 마리아 엘비라 이모 댁을 아지냐가의 안식처로 여기게 되었다.

특히 카롤리나 친할머니는 다정한 사람이 아니었다. 그녀가 내게 한 번이라도 키스를 했는지 기억조차 나지 않는다. 설령 키스를 했다손 치더라도 형식적인 볼 키스였을 것이다 (그 차이는 명백하다). 그런 식의 키스라면 차라리 안 하느니만 못하니까.

내가 외조부모님을 무조건적으로 선호하는 걸 못마땅히 여긴 사람은 아버지였다. 언젠가 내가 '우리 할아버지 할머니'를 어머니의 부모라는 의미로 말하고 있을 때였다. 아버지는 불쾌감을 감추려는 노력도 하지 않은 채 퉁명스럽게 쏘아붙이며 내 생각을 바꾸려들었다. 네겐 다른 할아버지 할머니도 있다! 내가 무엇을 했어야 했을까? 내가 전혀 느끼지 못하는 애정을 느끼고 있는 양 가장해야 했을까?

감정은 통제할 수 있는 것이 아니다. 그 순간을 모면하기 위해 있지도 않은 감정을 느끼게 하고, 있는 감정을 없앨

수 있는 것이 아니다. 특히 어린 소년의 가슴속에 품고 있는 것이 아무런 구애가 없는 적나라한 감정이라면 더더욱 그렇다.

카롤리나 할머니는 내가 열 살 때 돌아가셨다. 어느 날 오전에 어머니가 비보를 전하기 위해 라르구 두 레앙에 있는 학교에 오셨다. 나를 데려가려고 오신 것이었다. 그 시절의 나로서는 알 길이 없었던 관습에 따른 일이었으리라. 관습에 따르면 조부모가 사망하면 지체 없이 손자를 데려갈 수 있었다.

그날 내가 입구 위의 벽시계를 쳐다본 것이 기억난다. 미래의 어느 순간에 유용할지 모를 정보를 모아놓으려고 의식적으로 노력하는 사람처럼 그 시간을 기억해두어야 한다고 생각했다. 오전 10시를 갓 지났던 것이 기억난다.

그날 소년의 적나라한 마음은 냉정한 관찰자의 역할을 수행하겠다는 결심이었다. 감정은 객관적 사실을 기록하는 일에 완전히 종속시켰다. 솔직한 감정을 고스란히 드러내는 대신에 숨기기로 작심한 것이다. 내가 그랬다는 증거도 있다. 어머니와 바이링유 교장 선생님의 눈에 무정한 손자로 비치지 않도록 눈물 몇 방울을 흘리는 것이 좋겠다는 생각을 했기 때문이었다.

카롤리나 할머니가 많이 아팠던 것이 기억난다. 돌아가시기 전에 몇 주 동안 할머니는 우리 집에 묵으셨다. 할머니가 차지한 침대는 부모님 침대였으니 그 기간에 우리 부모님은 다른 곳에서 주무셨을 것이다. 하지만 어디에서 주무셨는지는 전혀 기억나지 않는다. 나는 물론 우리가 살던 집에 있던 다른 방의 바닥에서 바퀴벌레와 함께 잠을 잤다. (지금 내가 이야기를 꾸며내는 것이 아니다, 밤이면 바퀴벌레들이 내 몸 위를 지나가곤 했으니까.)

그때 나는 할머니가 앓고 있는 지병의 이름으로 추정되는 단어를 부모님이 자주 쓰는 걸 들었다. 단백뇨, 나는 그것이 할머니의 병명이라고 생각했다. (할머니가 심하게 앓은 병의 이름이 단백뇨증이었다는 걸 지금은 안다. 당시의 내가 틀렸다고 볼 수는 없다. 단백뇨 없이 단백뇨증에 걸릴 수는 없으니까.)

어머니는 할머니를 위해 따뜻한 식초 습포제를 사용했다. 왜 그것을 사용했는지는 모른다. 하지만 오랫동안 따뜻한 식초 냄새는 카롤리나 할머니를 연상시켰다.

가끔 나는 어떤 기억이 정말로 내 기억일까, 혹시 다른 사람의 기억은 아닐까 자문하곤 한다. 어떤 사건에서 나는 자각 없는 배우에 불과했는데, 그 사건을 지켜본 다른 사람들이 나중에 얘기를 해준 덕분에 그 사건에 관한 기억을 갖게 된 것은 아닐까. 그것이 아니라면 그들도 순전히 다른 사람한테서 들은 얘기를 내게 전해준 것은 아닐까.

물론 모라이스 소아르스 길, 어느 건물 4층인가 5층인가에 있던 작은 공부방과 관련된 이야기는 분명히 내 기억이다. 카발레이루스 길로 이사하기 전에 나는 그곳에서 글자를 배우기 시작했다. 키 작은 앉은뱅이의자에 앉아 칠판 위에다가 아주 느리고 조심스럽게 글자를 썼다. 당시 우리는 그 칠판을 그냥 '돌'이라 불렀다. 소년의 입에서 자연스럽게 튀어나오기에는 '칠판'이란 말은 너무 뽐내는 단어였다. 아마 그때는 그런 단어가 있는지도 몰랐을 것이다.

이는 내가 직접 겪은 것으로 지금도 한 편의 그림처럼 선명하다. 그 기억 속에는 줄이 달린 갈색 삼베 가방도 등장한다. 그 줄을 이용해 어깨에 가방을 걸칠 수 있었다.

나는 분필로 칠판에다 글을 쓰곤 했다. 당시 문방구에서는 두 종류의 분필을 팔았다. 하나는 아주 저렴한 것으로 우리가 글을 쓰던 칠판만큼이나 단단했다. 다른 하나는 비싼 것으로 매끄럽고 부드러웠다. 우리는 그것을 '우유 분필'이라고 불렀다. 분필 색깔이 우윳빛이 감도는 밝은 회색이었으니까. 하지만 우유 분필은 감히 만져보기 힘든 물건이었다. 정식으로 학교 교육에 입문하고 나서야 현대적인 필기 도구 기술이 만들어낸 그 기적의 작은 물건을 내 손가락들이 마침내 만져볼 수 있었다.

　요새 어린이들이 시간을 어떻게 인식하는지는 잘 모른다. 아주 오랜 옛날, 우리가 어린이였을 때 시간은 특별한 종류의 시(時)로 이뤄진 것 같았다. 그 시(時)는 느리고 질질 끌리고 끝이 날 것 같지 않았다. 몇 년이 흐른 뒤에 우리는 어쩔 수 없이 각 시(時)가 60분으로 이루어졌다는 것을 이해하기 시작했다. 그리고 또 시간이 흐른 뒤에 우리는 각 분(分)이 예외 없이 60초 후에 끝난다는 것을 배우게 되었다.

　리스본에 있는 알투 두 피나 구의 사비누 드 소자 길에 살 때 어머니와 내가 같이 찍은 사진이 있었다(불행히도 잃어버렸다). 어머니는 식료품점 입구 앞에 있는 의자에 앉아 있고 나는 어머니 무릎에 기대어 서 있는 사진이었다. 우리 옆에는 감자 포대가 놓여 있고, 그 포대에는 손글씨가 적힌 종이가 붙어 있었다. 1킬로그램에 50에스쿠두* 그때는 물론이고 그 이후로도 수 년 동안 동네 가게들은 그런 방식으로 손님들이 가게 문을 열고 들어오기 전에 미리 물건 가격을 알려주었다. 사진 속 모습을 보면 내 나이는 세 살로 추정된

---

* 옛날 포르투갈의 화폐 단위로 1에스쿠두는 100센타부이다.

다. 이것이 남아 있다면 내 사진 중에서 가장 오래된 사진이 되었을 것이다.

나는 아직도 프란시스쿠의 사진을 갖고 있다. 그는 네 살에 기관지성 폐렴으로 죽었다. 하지만 사진 속 프란시스쿠는 갓난아이의 모습이다. 가끔 나는 프란시스쿠 사진을 내 사진이라고 둘러대면 어떨까 생각해보곤 했다. 그렇게 해서 개인 사진첩에 포함할 이미지 자료를 늘리고 싶었다. 하지만 결코 그럴 수 없었다. 양친이 돌아가시고 나면 내 거짓을 밝힐 수 있는 사람이 아무도 없었으니까. 사실 마음만 먹으면 얼마든지 벌일 수 있는 일이었다. 세상에서 가장 손쉬운 일이었을 것이다.

하지만 이미 생명을 잃어버린 사람의 이미지를 훔치는 것은 용서할 수 없는 불경이자 변명할 수 없는 모욕이라는 생각이 들었다. 그러니 시저의 것은 시저에게 주고, 오직 프란시스쿠에게 속한 것은 프란시스쿠에게 주어야 했다.

시골 마을의 외조부모님 이야기로 돌아가보자. 제로니무 외할아버지는 출생한 뒤에 산타렝의 구빈원 아기 통에 놓여 있었다고 한다. 이는 의심할 여지가 없는 사실이다. 조제파 외할머니가 몇 번씩 내게 얘기해주었다. 자세하게 말하지는 않았다. 아마 그녀가 더 이상은 몰랐거나 침묵하는 것이 더 낫다고 생각했기 때문일 것이다.

내가 미워하던 할아버지의 누이(외고모할머니) 베아트리스의 출생과 인생에 대해서는 더더욱 몰랐다. 그녀 얘기를 하는 것은 목 매단 사람의 목줄에 대해 얘기하는 것처럼 꺼려지는 일이었다.

이 모든 사연 중에서 가장 호기심을 불러일으키는 건 우리 어머니의 출생증명서에 등장한다. 그 문서에 따르면 어머니는 무명씨 조부와 베아트리스 마리아 조모의 손녀이다. 이 베아트리스 마리아라는 분은 누구였을까? 나는 이분에 대해서는 전혀 모른다. 다만 이름이 같다는 것은 때론 매우 중요한 단서가 될 수 있다. 제로니무 외할아버지의 어머니가 외할아버지 옆집에 살던 베아트리스(외할아버지의 누이)의 어머니라는 것을 알려주기 때문이다. 사실 베아트리스의 출생 기록만 있다면 단박에 해결될 문제이기는 하다.

그런데 이 이야기에는 이상한 점이 있다. 작은 시골 마을에서는 이름을 숨기려야 숨길 수 없고 결국 다 드러날 수밖에 없었을 텐데, 어떻게 출생증명서에 '무명씨'로 기록될 수 있었을까? 제로니무 외할아버지의 어머니가 아이를 키우길 원하지 않았거나 키울 수 없었던 것은 분명하다. 그러니 아들 제로니무를 구빈원 아기 통에 놓아두었을 것이다. 하지만 딸 베아트리스에게 벌어진 일은 여전히 모른다. 그녀도

구빈원의 아기 통에 놓여 있었던 것일까?

외증조부가 여자 마음을 아프게 하는 벌목꾼으로 명성이 자자했다는 소문은 내 귀에도 들려왔다. 조제파 외할머니가 나를 믿고 귀띔해준 얘기였다. 그 유명한 베르베르인*(분명히 무어인이었을 것이다) 외증조부는 외증조모 베아트리스 마리아를 두 번 임신시켰을 것이다. 그것이 아니라면 문제는 더 간단하다. 외할아버지와 외할아버지의 누이는 쌍둥이일 것이다. 겉으로 보이는 뚜렷한 차이, 즉 제로니무는 키가 크고 베아트리스는 키가 작다는 차이가 엄연하지만.

그 누구도 속일 수 없는 것은 외모이다. 제로니무와 베아트리스, 어머니와 어머니 형제들인 마리아 엘비라, 카를루스, 마누엘, 마리아 다 루스를 한 가족으로 만드는 유사성은 뚜렷했다(검은 피부, 날카로운 용모, 작고 좁은 눈). 이런 특징 때문에 멀리서도 동일한 종족의 일원이라는 걸 금세 알아볼 수 있다. 이것을 보면 어머니의 부계 쪽 사람들이 히바테주** 지역 출신이 아닌 것은 확실하다.

여기까지 들으면 누구나 무어인 외증조부가 아지냐가 마을에 체류했으리라는 생각이 들 것이다. 하지만 그 체류 기

---

* 이베리아 반도를 정복한 아랍계 이슬람교도를 부르던 말.
** 포르투갈 중앙 내륙 지역.

록은 어떤 공식 문서에도 남아 있지 않다. 무어인 외증조부의 존재는 소박한 가족 족보를 치장하려고 내가 만든 낭만적인 발명품이 아니다. 누가 봐도 명백한 유전자의 산물이다.

외증조부는 아지냐가 마을 밖에서 살았다. 버드나무가 우거진 곳에서 오두막을 짓고 살았다. 그 집에는 거대한 개가 두 마리가 있었다. 방문객들은 개를 보고 화들짝 놀라곤 했다. 개들은 그 집을 찾는 사람이라면 누구든지 가리지 않고 노려보았다. 방문객이 집을 떠날 때까지 침묵 속에서 짖지도 않은 채 노려보기를 멈추지 않았다.

방문객 중에 한 명은 죽어 그곳에 묻혔다고 한다. 조제파 할머니가 해준 얘기였다. 그 방문객은 무어인을 찾아가 강력하게 항의했다. 무어인이 그 방문객의 부인을 유혹했기 때문이다(유혹, 고상하게 표현해서 그렇다는 것이다). 하지만 방문객은 가슴에 총상을 입었다. 그 범죄로 인해 살인자가 재판을 받았다는 기록은 남아 있지 않다. 도대체 그 무어인은 누구였을까?

내가 페르낭 로페스 길 옆에 있는 카잘 히베이루 대로에서 넘어진 일이 있는데, 그것도 실제로 겪은 일이었다. 아주 힘겨운 기억 가운데 하나이다. 그 일은 하필 인간적 동정심과 천국의 자비심이 흘러넘쳐야 할 시기에 벌어졌다. 바로 성 안토니우 축제 기간이었기 때문이다. 안토니우 성인(聖人)은 언제나 정당한 대의의 수호자이자 길 잃은 존재들이 어디에 있든지 간에 잘 지켜주는 보호자였다.

그날의 고통스러운 낙상(落傷)은 안토니우 성인의 쩨쩨한 복수는 아닐까 생각해본다(늘 다양한 가능성을 고려해야 하니까). 행인들에게 받은 동전으로 캐러멜을 잔뜩 구입해서 폭식의 죄를 저지르며 포만감을 만끽하려 한 걸 알아챘기 때문이 아닐까. 신자 혹은 비신자 가릴 것 없이 선한 영혼이라면 누구든지 가리지 않고 꾀어내려고 성당 입구에 설치해놓은 작은 제단에 헌금으로 갖다 바칠 생각이 없다는 것을 간파했기 때문이 아닐까.

그날의 슬픈 사실은 다음과 같았다. 당시 나는 대로변에서 동네 친구들과 경쟁적으로 소리를 질러대고 있었다. 남들이 보면 서로 박자를 맞추는 것처럼 보였을지도 모를 일이다. 늘 그맘때면 소년들이 외치던 소리였다. 성 안토니우를 위해 한 푼 줍쇼! 성 안토니우를 위해 한 푼 줍쇼!

그때 카잘 히베이루 대로 건너편에서 신사 한 사람이 지나가는 걸 보았다. 검정 양복을 잘 차려입고 모자를 쓰고 지팡이를 짚은 고령의 노신사였다. 그 원시적인 시기에도 리스본 거리에서 이따금 볼 수 있던 풍경이었다. 나는 그를 향해 잽싸게 뛰었다. 돈을 모으려고 거리를 배회하던 경쟁자들보다 먼저 선수 치기 위해서였다.

일은 순식간에 일어났다. 당시 대로는 공사 중이었다. 포장도로의 노면이 파헤쳐져 울퉁불퉁 일어난 상태였다(내 생각에 오래되고 울퉁불퉁한 현무암을 타르로 교체하는 공사였던 것 같다). 도로 바닥엔 악어가죽이라도 벗길 수 있을 만한 거친 돌멩이들이 나뒹굴고 있었다.

거기서 그만 돌부리에 걸리고 말았다. 거기서 넘어졌고 거기서 무릎이 찢어졌다.

내가 간신히 몸을 일으켰을 때 다리 아래로 피가 쭈르륵 흘러내리기 시작했다. 나이 지긋한 신사가 나를 내려다보았다. 동정심을 가장한 얼굴이었다. 그것도 잠시, 그는 가던 길을 계속 걸어갔다. 교육도 제대로 받지 못한 거리의 부랑아들과 아주 다르게 자라고 있을, 사랑하는 손주들을 떠올렸을지도 모를 일이다.

무릎 통증은 엄청났다. 그렇지만 그것이 전부가 아니었다. 나를 일으켜줄 수도 있었지만 아무런 도움을 베풀지 않은 사람의 발밑에서 넘어졌다는 굴욕감도 컸다. 나는 눈물을 흘리면서 가까스로 집까지 몸을 끌고 갔다. 어머니는 늘 그랬듯이 요오드 처방으로 치료해주고 붕대도 감아주었다. 어찌나 붕대를 꽉 조였던지 며칠간 무릎을 제대로 굽히지 못했다.

돌이켜보면 그 고통스러운 사건이 당시 막 발을 들여놓은 종교 공부의 길을 포기한 원인이었을 확률이 매우 크다. 당시 우리 집이 있던 건물에는 독실한 가톨릭 가족이 살고 있었다(부부와 아들 하나, 딸 하나였다). 내 기억이 틀리지 않는다면 2층 왼편에 살았을 것이다. 그 아주머니는 우리 어머니 피에다드 여사를 설득해서 내가 가톨릭교회의 비밀에, 특히 성체의 비밀에 입문하도록 도와주었다. 그 가족은 나를 미사에 데려가도 좋겠느냐고 허락을 구했다. 어머니가 답했다. 네, 그러시죠. 그리고 친절하고 고명한 이웃이 자식에게 베푸는 호의에 감사를 표했다.

하지만 우리 어머니를 제대로 안다면, 나도 나중에 어머니를 제대로 이해하게 되었지만, 그녀가 종교에 관한 한 회의적인 사람이라는 걸 알게 된다. 특별한 신념 때문은 아니고 순전히 무관심에서 비롯된 것이긴 했지만 말이다. 다만 인생의 마지막 시기에는 달랐다. 과부가 된 뒤에 어머니는 동네 친구들과 성당에 자주 다녔다. 여하튼 이런 점을 고려하면 어머니가 성당에 가도 좋다고 허락한 건 당시에 다른 이웃들과 해변에 가도 좋다고 허락한 것과 다를 바 없는 일이었으리라.

이야기를 이어가자면 내 눈앞에 놓인 문제 하나를 풀어야 한다. 사건의 선후관계를 규정하는 일이다. 미사 참석은 낙상 사고 이전의 일인가, 이후의 일인가. 당시 나는 한 번인가 두 번인가 미사에 참석했다. 그 가족과 함께 성당 앞줄에 앉기도 했다. 하지만 내 신앙심이 깊어지지는 않았다. 소년 복사가 방울을 흔들고 신자들이 순종하며 고개를 숙일 때는 고개를 살짝 비껴 들고 싶은 욕망을 억누르지 못했다. 도대체 내가 봐서는 안 되는 일이 무슨 일인지 대놓고 살피고 싶었다.

다시 원래 주제인 낙상 사고로 돌아가보자. 만일 이 사고가 미사 참석 이전에 발생한 것이라면, 그 가족이 미사에 데려갔을 때 나는 이미 나쁜 물이 잔뜩 들어 있는 셈이었다. 성 안토니우에게 실망한 나머지 다른 모든 성인들도 다를 바 없는 존재들이라고 확신할 준비가 이미 되어 있는 셈이었다.

만일 사고가 미사 참석 이후의 일이라면, 그날의 상처는 일종의 벌이라고 할 수 있었다. 나를 천국으로 인도할 직선 도로에서 이탈한 것 때문에 하느님이 내린 벌이었다. 이 경우에는 하느님도 부끄럽게 행동했다고 볼 수 있다. 작은 불충에 비해 그 처벌이 너무 가혹했으니, 하느님의 속은 얼마나 좁은가. 불신자였다가 기독교에 입문한 것이 얼마 되지 않았다는 걸 고려하지 않았으니.

두 일의 선후관계를 알아낼 길은 없었다. 하지만 적어도 한 번은 천국의 권세가 나와 동료 두 명을 지켜주었다는 건 기억한다. 페르낭 로페스 길의 집에서 엽총의 탄약통을 발견한 적이 있었다. 어떻게 해서 그 탄약통을 발견하게 되었는지는 기억나지 않는다. 나는 그걸 들고 가서 친구들에게 보여주려고 했다. 단지 보여주려고만 한 것은 아니었다. 우리 모두가 공모자가 되어 흥분에 몸을 떨며 건물 계단에 옹기종기 모여 앉아 통 안에 든 걸 꺼내려고 탄약통을 개봉했으니까. 거기에는 화약과 탄알이 들어 있었다. 우리는 화약 더미를 둘러싸고 앉아서는 성냥을 대보면 무슨 일이 벌어지는지 건물 입구의 돌계단에 앉아 지켜보았다. 폭발은 소박했지만 우리 모두를 놀라게 하기에는 충분했다.

얼굴과 손에 화상을 입지 않은 건 분명히 성 안토니우, 혹은 천상에 있는 그의 동료 가운데 한 명이 기적의 손길로 폭발과 우리 사이에 개입했기 때문이었다. 천우신조가 아닐 수 없었다. 그 일은 무릎 상처와는 비교도 되지 않을 사건이었다.

카잘 히베이루 대로의 낙상 사건을 묘사하려고 기억을 떠올렸을 때 사진 한 장에 대한 기억도 같이 떠올랐다. 사진 속에서 나는 마리아 나탈리아 고모와 함께 있는데, 에두아르두 7세 공원의 거리 사진사가 찍어준 것이었다. 일요일이면 리스본의 모든 부잣집에서 일하는 가정부들과 리스본의 모든 군부대의 지원병들이 그 공원을 산책하러 쏟아져 나오곤 했다.

그 사진도 다른 많은 사진처럼 잃어버리고 말았다. 사진 속의 나는 셔츠와 반바지 차림을 하고 무릎까지 오는 검은 양말을 신었는데 양말이 흘러내리지 않도록 하얀 밴드가 잡아주고 있었다. 당시 옷을 잘 입는 법의 기본은 양말의 밴드가 보이지 않게 잘 접는 것이었다. 하지만 사진을 보면 나는 사회생활의 고상한 세부사항은 아직 배우지 못했음을 알 수 있다. 그리고 왼쪽 무릎에 앉은 딱지도 뚜렷이 볼 수 있다.

그 상처는 카잘 히베이루의 낙상이 아니었다. 그것은 몇 년 뒤에 질 비센트 중학교의 운동장에서 넘어져 생긴 상처 였다. 그때는 학교 진료소에서 응급처치를 받았다. 간호사 는 '꺾쇠'라는 것을 상처에 붙여주었다. 꺾쇠는 집게 모양으 로 생긴 작은 금속 조각으로 벌어진 상처의 양쪽 가장자리 에 꽂아 상처를 봉합하고 빠르게 아물게 하는 용도로 썼다. 상처는 그 뒤로도 몇 년간 뚜렷한 자국으로 남았다. 지금도 그 상처의 엷은 흔적을 눈으로 식별할 수 있다.

내 몸의 또 다른 상처는 자상 자국이다. 칼에 베인 상처 로 가는 선 형태로 남아 있다. 어느 날 나는 모샹 드 바이슈 에서 코르크 조각으로 배를 만들고 있었다. 배 모양을 얼추 완성한 뒤에 남아도는 코르크 조각을 잘라내려고 칼날 끝을 누르고 있을 때였다. 갑자기 칼이 접히고 말았다. 칼에 붙은 용수철의 힘이 빠져 생긴 일이었다. 순간 칼날이 움직이더니 가던 길에 처음 만난 것을 갈라버렸다. 오른손의 집게손가락 손톱 옆으로 기다란 상처가 생겼다. 하마터면 살점이 떨어져나갈 뻔한 아찔한 사고였다. 하지만 그 상처도 당시의 기적적인 처방 덕에 아물었다. 알코올과 발삼나무 처방이었다. 상처는 전염되지 않았고, 완전히 나았다. 마리아 엘비라 이모는 늘 내 몸이 아주 튼튼하다고 말했다.

마리아 나탈리아 고모는 포르미갈 가문의 저택에서 가정부로 일했다. 사람들은 그 집의 노부부를 가리켜 '선생 내외'라고 깍듯이 불렀다. 그 집은 심부름꾼 여자도 한 명 고용했다. 주로 집 밖에서 쇼핑이나 심부름을 도맡아 처리하는 사람이었다.

어느 날 아침에 그 집의 부엌에 있었던 것이 기억난다(일요일에 산책하려고 고모를 만나러 격주로 그곳을 방문한 것이 아닐까?). 그 집 부엌에는 그전에는 한 번도 본 적 없는 검은색 오븐이 있었다. 그 거대한 오븐에는 번쩍이는 구리 테두리를 두른 크기가 다른 여러 문들이 달려 있었다. 늘 뜨거운 물이 차 있던 보일러도 있었다. 나는 오븐과 보일러가 신기해 눈길을 떼지 못하곤 했다.

그날 아침 갑자기 포르미갈 선생이 부엌에 나타났다. 나이가 지긋한 선생 뒤로는 알베르티나 여사가 뒤따랐다. 여사도 나이는 들어 보였지만 미인이었다. 요리사, 두 명의 가정부(하나는 집안일을 맡고 하나는 바깥일은 맡았다) 세 명의 일꾼이 선생 내외에게 인사를 했고 한쪽에 일렬로 서서 명령을 기다렸다. 포르미갈 선생은 콧수염과 염소 턱수염을 달고 있었다. 그의 수염도 머리카락처럼 새하앴다.

그날 아침 선생은 카잘 히베이루 대로에서 다친 내 무릎을 보자고 했다(그는 의사도 간호사도 아니었으니 그저 친절한 관심을 베푸는 것이었다). 그는 충분히 그럴 수 있다는 표정으로 나를 바라보며 마치 보호자라도 되는 것처럼 질문을 했다. 슬개골을 다쳤니? 나는 그 단어를 잊을 수가 없었다. 실제로 다친 것은 슬개골이 아니라 무릎이었다. 하지만 무릎이라는 단어가 너무 천박하고 자신의 지위에 걸맞지 않는다고 생각한 것 같았다. 나는 고개를 숙여 크게 다친 무릎 관절 부위를 보았다. 그리고 겨우 한마디 내뱉었다. 네, 선생님. 그는 내 뺨을 쓰다듬고 지나갔다. 알베르티나 사모님이 그 뒤를 따랐다.

마리아 나탈리아 고모, 요리사와 바깥심부름하는 여자 모두 마치 천상의 후광이 내 머리를 감싸고 있기라도 한 것인 양 나를 바라보았다. 고모의 얼굴에는 조카 자랑의 마음이 가득했다. 나머지 사람들은 포르미갈 선생의 잘 다듬어진 흰 손이 내 얼굴과 짧은 머리를 부드럽게 스치자 여느 가정부의 하찮은 조카에게서 그때까지는 알려지지 않았던 미덕과 공덕이 갑자기 솟아나기라도 한 듯한 표정을 지었다.

그때 포르미갈 선생 내외는 성당 미사에 참석차 외출하려던 참이었다. 그런데 알베르티나 여사가 초콜릿 과자가 담긴 봉투를 들고 다시 부엌으로 돌아왔다. 받으렴, 네 것이야, 무릎 상처가 금세 나을 거야. 그녀는 그 말을 하고 떠났다. 그녀가 떠난 자리에는 얼굴에 바른 분 냄새가 남았고, 슬개골이라는 단어 대신에 무릎이라는 단어가 남았다.

바로 그날이 고모가 선생님 내외의 침실을 보여주려고 나를 데리고 간 날인지는 잘 모르겠다. 아마도 아닐 것이다. 그 침실은 거대하고 엄숙한 곳이었다. 경외감이 들 정도였다. 침실은 온통 붉은 우단으로 장식되어 있었다. 침대의 천개, 침대보, 쿠션, 커튼, 안락의자의 태피스트리,* 모두 다마스크 직물이야. 가장 질 좋고 비싼 것들이야. 고모가 설명해주었다.

침대 발치에 놓인 소파가 왜 S 자 모양이냐고 물었을 때는 고모가 이렇게 말해주었다. 2인용 소파야, 선생님이 이

---

* 여러 색실로 그림을 짜넣은 직물.

쪽에 앉고 여사님이 저쪽에 앉지, 서로의 얼굴을 보려고 고개를 돌릴 필요 없이 이야기를 나눌 수 있지, 아주 실용적이야. 내 눈앞에 있으니 고모하고 한번 앉아보고 싶었다. 하지만 나탈리아 고모는 침실 문턱을 넘는 것조차 허락하지 않았다.

그 뒤에 초콜릿 과자 때문에 불운이 찾아왔다. 포르미갈 선생 댁을 나서기 전에 이미 초콜릿 과자 몇 알을 씹어 먹어보았다. 그 순간 입 안에서 천국을 예감하게 하는 맛을 느꼈다. 하지만 마리아 나탈리아 고모의 태도는 명확하고 단호했다. 그만 먹어라. 몸에 안 좋을 거야. 나는 늘 착한 소년이었으니 그 말씀에 순종했다.

그날 나는 고모가 먹는 것조차 이미 금지한 초콜릿 과자 봉지를 들고 에두아르두 7세 공원을 산책한 기억이 없다. 아마 우리는 그 집을 나와 곧장 페르낭 로페스 길에 있는 우리 집으로 간 것 같다.

고모는 우리 집까지 데려다주었다. 집으로 가는 길 내내 고모가 그 집 부엌에서 생긴 일, 고모 고용주들이 조카에게 베푼 친절, 포르미갈 선생의 부드러운 손길, 여사님이 준 초콜릿 과자 등에 대해 시시콜콜하게 환기해주었을 것이다. 훌륭한 사모님이야! 감탄도 잊지 않았을 것이다.

드디어 밤이 찾아왔다. 그 시절 우리 집에는 최신 음악쇼의 노래가 흘러나오는 라디오가 없었다. 그래서 암탉이 잠드는 시간에 우리 가족도 같이 침대에 누웠다. 집에 도착하고 얼마 되지 않아 부모님은 나를 침대로 보냈다. 당시 부모님과 나는 같은 방에서 잤는데, 부모님은 2인용 침대에서 잤고, 나는 팔걸이 없는 작은 소파에서 잤다. 말이 좋아 소파지 그냥 접이식 간이침대였다. 다락방 천장의 경사진 곳에 놓여 있었다.

소파 맞은편 벽 앞에는 의자가 있었고, 그 위에 내가 그토록 고대하던 초콜릿 봉지가 놓여 있었다. 그 시절 우리 부모님이 침대에 누울 때는 순서가 있었다. 늘 아버지가 먼저 누웠고, 그다음에 어머니가 누웠다. 어머니는 설거지를 마치고, 양말도 몇 켤레 꿰맨 뒤에 침대로 왔다. 나는 눈을 감고 잠든 사람처럼 연기하고 있었다. 이윽고 불이 꺼지고 두 사람 모두 잠이 들었다. 그러나 나는 잠들지 않고 있었다.

밤이 이슥해졌고 방은 완전히 어두워졌다. 그제야 천천히 몸을 일으키고 살금살금 초콜릿 봉지를 향해 다가갔다. 그리고 아주 조심스럽게 세 걸음을 크게 걸으며 침대로 돌아와 이불 속으로 들어갔다. 다디단 초콜릿 과자를 씹을 때는 행복감을 감추지 못했다. 그렇게 까무룩 무의식의 세계로 미끄러져 들어가고 말았다.

이튿날 아침에 눈을 떴을 때 나는 한밤중에 포식했던 흔적을 발견했다. 내 가슴 아래에 갈색 초콜릿 덩어리가 끈적끈적 붙어 있었다. 뭉개지고 납작해진 상태였다. 그때까지 내 눈으로 본 것 중 가장 더럽고 역겨운 것이었다.

그날 아침에 나는 많이 울었다. 화가 나기도 했고, 창피하기도 했고 불만스럽기도 했다. 아마 그 때문에 부모님이 벌을 주지도 나무라지도 않은 것 같다. 하지만 나는 이미 벌어진 일만으로도 충분히 불행했다. 폭식의 유혹에 굴복했더니 폭식이 몽둥이도 돌멩이도 쓰지 않고 나를 벌했으니.

이따금 일요일 오후에 여자들은 쇼윈도 상품을 구경하러 바이샤로 내려가곤 했다. 보통은 걸어서 그곳까지 갔지만, 가끔은 전차를 타고 가기도 했다.

전차 타기는 그 시절 내게는 최악의 일이었다. 전차 안의 냄새 때문에 탑승한 뒤에 얼마 지나지 않아 멀미가 시작되었다. 실내 공기는 너무 뜨거웠고, 악취까지 나는 바람에 위가 뒤집히고 몇 분 만에 구토까지 일어나곤 했다. 유독 전차 타기에 관한 한 나는 예민했다.

시간이 흐른 뒤에 내 후각적 불관용(이것을 무엇이라고 불러야 할지 나도 잘 모르겠다)이 점점 줄어들기는 했다. 하지만 수 년 동안 전차에 오르기만 해도 어지럼증으로 머리가 빙빙 도는 느낌이었다는 건 확실하다.

그날 무엇 때문에 모두가 걸어가기로 한 것인지는 잘 모르겠다. 모두 나를 불쌍히 여긴 것인지 아니면 모두 다리를 펴고 걷고 싶었던 것인지 잘 모른다. 여튼 그 일요일 오후에 우리 모두는 걸어서 페르낭 로페스 길을 출발해 바이샤까지 내려갔다.

내 생각에 우리 어머니, 콘세이상, 에밀리아, 그리고 나 네 명이었던 것 같다. 우리는 폰테스 페레이라 드 멜루 대로를 지나고, 리베르다드 대로를 따라 내려가다가 마침내 치아두까지 올라갔다. 그곳에서는 알리바바의 최고가(最高價) 보물들을 전시하고 있었다.

쇼윈도는 잘 기억나지 않는다. 쇼윈도 쇼핑 얘기를 하려고 이 얘기를 꺼낸 것도 아니다. 그날 나는 다른 일에 열중하고 있었다. 아르마젱스 그란델라 백화점 입구 중 하나에서 어떤 남자가 풍선을 팔고 있었다. 내가 사달라고 한 것인지(사실 이것은 매우 의심스럽다, 무엇인가를 기대하는 사람은 반드시 사달라고 요청해보는 위험을 감수해야 하기 때문이다), 어머니가 공공장소에서 애정을 보여주고 싶었던 것인지 그 이유는 정확히 모르지만 어찌되었던 간에 그 남자가 들고 있던 풍선 하나가 내 손에 쥐어졌다.

풍선 색깔이 녹색이었는지, 빨강 혹은 노랑 혹은 파랑이었는지 아니면 그냥 하양이었는지 기억이 나지는 않는다. 그

다음에 벌어진 일 때문에 영원토록 선명히 남아 있어야 할 풍선 색깔에 대한 기억이 말끔히 지워졌기 때문이다. 내가 예닐곱 살이 될 때까지 한 번도 가져본 적이 없는 풍선이라서 매우 소중히 여겼을 테니까 색깔에 대한 기억도 뚜렷했을 것이다.

그때 우리는 호시우 거리를 가로질러 걷고 있었다. 이미 집 쪽으로 방향을 잡은 터였다. 나는 마치 가는 줄에다가 지구 전체를 묶고 공기를 가르며 지나가기라도 하듯이 의기양양했다. 그러다 문득 등 뒤에서 누군가의 웃음소리가 들려 뒤를 돌아보았다. 그 순간 이미 바람이 빠진 상태로 땅바닥에 질질 끌려 나를 따라오는 풍선을 보았다. 나는 전혀 눈치를 채지 못한 채 걷고 있었던 것이다. 형체가 사라진 풍선은 그저 더럽고 주름진 물건에 불과했다.

내 뒤에 오던 두 사람이 웃으며 나를 향해 손가락질하고 있었다. 나, 인간 군상 중에서도 가장 어리석은 존재인 나를. 눈물조차 나오지 않았다. 후다닥 풍선 줄을 놓았고 어머니 팔을 붙잡았다. 마치 물에 빠진 사람이 나무판자를 꽉 붙잡듯이. 그리고 계속 걸어갔다. 저 더럽고 주름지고 형체가 사라진 물건이 바로 당시 세계의 모습이었다.

그즈음 어느 날에 마프라로 소풍을 갔다. 나는 시골 아지냐가에서 태어났지만 수도 리스본에서 살고 있었다. 그리고 드디어 50년 넘게 시간이 흐른 뒤에 작가로서의 미래를 결정하게 될 곳에 가게 되었다. 운명이 공모자로 적극 개입한 것인지, 당시로서는 아무도 해독할 수 없었던 운명의 눈짓이 었는지 누가 알겠느냐마는.

바라타 가족이 우리 가족과 함께 소풍을 갔는지는 기억나지 않는다. 어렴풋이 기억나는 것은 아버지 지인이 우리를 차에 태우고 갔다는 점이다. 내가 아는 한 그 지인은 우리 가족의 삶에 다른 흔적을 남기지는 않았다.

그 짧은 여행(우리는 수도원을 방문하지 않고, 단지 성당만 방문했다)에서 내가 가장 생생히 기억하는 건 성 바르톨로메의 조각상이다. 조각상은 아직도 같은 자리, 성당에 들어가면 왼편 두 번째 예배당에 서 있다. 내가 알기로 그곳을 가톨릭 전례 용어로는 '복음측'이라고 부른다.

당시 내 나이가 어리기도 했고, 조각상의 세계에 대해 전혀 모르기도 했고, 심지어 예배당에 빛이 거의 들어오지 않기도 했으니, 그 불행한 바르톨로메의 피부가 벗겨진 상태라는 걸 전혀 알 수 없었을 것이다. 가이드가 그 가련한 순교자가 삐쩍 마른 자기 피부의 주름살(비록 대리석이지만)을 양손에 들고 서 있다고 손으로 가리키며 친절하고 상냥하게 설명해주지 않았다면 아무것도 몰랐을 것이다. 당시 그

앞에서 무시무시한 공포를 느꼈다.

나는 『수도원의 비망록』에서 성 바르톨로메를 직접 다루지 않았다. 하지만 그 괴로운 순간의 기억은 내 뇌리에 늘 자리 잡고 있었을 것이다. 1980년인가 1981년이었을 것이다. 나는 수도원과 성당 탑들의 육중한 무게감을 한 번 더 살펴보면서 나와 동행한 사람들에게 이렇게 말했다. 언젠가 내 소설에다가 이 모든 것을 담고 싶군요. 맹세는 아니었다. 그 일이 가능하다고 말하고 싶었을 뿐이었다.

두 살에서 네댓 살 사이에 내가 어머니 품에 안겨 아지냐가를 몇 차례 방문한 건 틀림없다. 우리 아버지는 곡괭이를 어깨에 메고 다니는 평범한 농사꾼에서 공무원, 그것도 자그마치 경찰이 된 사람이었다. 수도 리스본에 관한 새로운 소식을 한보따리 주워들은 사람이었으니 얼마나 입이 근질근질했을까. 그런 아버지가 연차 기간에 리스본에 머무는 것은 있을 수 없는 일이었다.

아버지는 과거의 농사꾼 친구들 앞에서 뻐기는 것이 자신에게 권위가 생기는 순간이라고 믿었다. 그들 앞에서 고상하게 말하기 위해, 최소한 말투에서 시골티는 말끔히 없애려고 무진 애를 썼다. 술집에서 벗들과 어울리길 참으로 좋아했다. 술잔이 두어 순배 오가고 나면 옛 동료들에게 여자 이야기를 들려주기도 했다. 보호해주는 대가로 경찰에게 몸을 준 어느 창녀 이야기도 했을 것이다. 그러나 그것이 자기 이야기라고는 절대 말하지 않았을 것이다. 그리고 피게이라 광장의 헤픈 장사꾼 여자 이야기도.

언젠가 할머니가 해준 얘기가 있었다. 우리 부모님이 할머니에게 나를 맡길 때면 할머니는 바깥방의 바닥에다가 담요를 펼쳐놓고 그 위에 나를 앉혀놓았다. 그러면 얼마 되지 않아 할머니 귀에 익숙한 목소리가 들려왔다. 할머니! 할머니! 무슨 일 있니? 우리 손자! 할머니가 다가와 물었다. 그러면 눈물이 글썽거리는 얼굴로 오른손 엄지손가락(오른손이 맞을까)을 빨며 손자가 말했다. 응가하고 싶어! 할머니가 헐레벌떡 구호 요청에 응할 때면 이미 한발 늦은 상태였다. 너벌써 다 쌌구나. 할머니가 웃으면서 손자에게 말했다.

어머니, 프란시스쿠, 내가 리스본으로 떠난 건 1924년 봄이었으니 그때 나는 고작 생후 18개월에 불과했다. 그러니 사람과 대화하는 기술이 얼마나 형편없었을까. 따라서 방금 언급한 배변 관련 이야기들은 그 뒤의 일로 추정할 수 있다. 휴가를 보내기 위해 우리 가족이 아지냐가를 방문했을 때 말이다.

아지냐가 휴가 때가 되면 어머니는 나를 조제파 할머니의 손에 맡기고 처녀적 친구들과 회포를 풀기 위해 마실을 가곤 했다. 그 자리에서 어머니가 직접 겪은 문명 체험의 일부를 전해주었을 것이다. 만약 자랑거리도 수치스러운 일도 어머니의 혀를 묶어두지 못했다면, 대도시 리스본에서 관능적인 쾌락에 허우적거리는 남편이 휘두른 주먹질에 대해서도 얘기했을 것이다.

나는 그런 집안의 참담한 풍파 가운데 몇 사례를 충격과 망연자실의 심정으로 목격한 증인이었다. 아마도 그것이 내가 단 한 번도 여자에게 손찌검을 할 수 없었던 이유가 아닐까 생각한다. 과거 기억이 내게 백신이었던 것이다.

그 시절에는 집안일이 순조롭게 풀리지 않으면 여자들은 카드 점술가를 찾아가곤 했다. 우리가 여전히 페르낭 로페스 거리에서 살고 있을 때였다. 우리 어머니는 자주 방에다가 향을 피우고 기도를 드렸다. 난로의 잉걸불 위에다가 작고 검고 둥근 씨앗을 던지면서 입으로 내내 주문을 외우곤 했다.

그 시작은 이랬다. 코카, 내 코카! 그 주문의 나머지는 기억나지 않는다. 하지만 씨앗 냄새만은 지금도 생생하다. 지금 코끝에서 그 향을 맡기라도 하듯이. 그 씨앗은 역겨운 냄새가 나는 연기를 만들어냈다. 달짝지근하면서도 욕지기를 느끼게 하는 냄새였다. 그 연기와 냄새는 사람의 정신을 몽롱하게 만드는 효과가 있었다.

나는 '코카'가 무엇인지 결코 알아내지 못했다. 다만 동양에서 온 것이 아닐까 생각한다. 아마도 그 기억에 대한 반발로 나는 동양산 향으로 집 안을 정화하는 걸 참지 못하는 것 같다. 오늘날에 자주 볼 수 있는 일인데, 집 안에 향을 피워 냄새가 가득 차게 만들면 자신의 거처가 영적인 곳으로 바뀐다는 믿음을 갖고 있는 것 같다.

어느 날 마리아 엘비라 이모, 주제 디니스와 나는 모샹 드 바이슈 근방의 멜론밭에서 알리스와 그의 부모님을 만났다. 무슨 연유에서 만나게 되었는지는 기억나지 않는다. 다만 순전히 우연한 만남은 아니었다.

그날 사촌 디니스는 알리스가 나에게 대놓고 관심을 보이는 걸 알게 되자, 늘 앙심을 품고 다녔으니 뻔히 예상되는 일이지만, 질투로 격앙된 나머지 자신이 먹던 멜론 조각을 던졌다. 내 얼굴을 겨냥했지만 맞히지 못했다. 멜론 조각은 내 셔츠에 맞고 떨어졌다.

이미 앞에서 말했듯이 우리는 고양이와 개 사이 같았다. 아주 사소한 일을 두고도 티격태격했다. 하지만 지금은 알리스에 대한 이야기를 하고 있다. 지금까지보다 좀 더 자세히 그녀에 대해 말할 때가 되었다.

그날의 만남이 있고 나서였다(그 이듬해 여름이었던 것 같다). 이모와 사촌과 내가 발르 드 카발루스에 간 적이 있다. 그곳은 알리스 가족이 이사 간 곳이었다(알리스 가족은 그전에는 알피아르사에 살았다). 내 기억이 맞는다면 그녀의 집도 방문했다. (일들이 이 순서대로 벌어진 것인지 절대적인 확신은 없다. 다만 내가 그날 모샹 드 바이슈에서 발르 드 카발루스로 가는 지름길을 찾아낸 건 틀림없다. 오솔길과 샛길로 들판을 가로질러 가는 길이었다.) 그 방문일로부터 1~2주 지나 알리스네 마을에서 잔치가 벌어질 예정이었다. 나는 무슨 일이 있더라도 꼭 알리스를 다시 봐야겠다고 작심했다. 그때 내 나이는 15세가량이었다. 그때가 여름이었으니 가을이 되면 16세가 될 것이었다.

이 책 앞부분에서 그날의 서정적 모험에 관해 몇 가지 일화를 이미 기록해두었다. 테주 강 건너기, 강변으로 접근하던 그라비엘의 거룻배가 강바닥의 조약돌에 긁히던 소리, 황혼녘의 잦아들던 빛, 갔다가 돌아오면서 하염없이 걷던 일. 그 얘기를 다시 여기서 반복하지는 않을 것이다. 다만 지금 나는 동전을 뒤집는 용기를 보여주어야 한다. 독자들에게 동전의 뒷면을 보여주어야 하니까.

그날 마을 광장에서는 춤판이 벌어졌다. 마을 악단은 시골 잔치에 어울릴 법한 열정으로 음악을 연주했다. 알리스와도 만났다. 그녀는 과장하지 않고 수수하게 날 반겨주었다. 그녀와 춤도 추었다. (만약 그날 밤에 우리가 보여준 몸짓을 춤이라고 부를 수 있다면 말이다. 내가 그녀를 리드하기보단 그녀가 나를 리드했다. 나와 춤을 추던 알리스가 어느 순간에 우리 주변에서 춤을 추던 자기 친구에게 눈짓으로 별로야 하는 신호를 보낸 것이 아닌가 하는 의혹을 갖고 있다. 확실하다고까지 말하기는 어렵겠지만 말이다.) 밤은 더 깊어졌지만 나는 작별 인사를 건네고 마을을 떠났다(지금 돌이켜보면 그날 그 눈짓이 알리스를 영원히 포기하게 된 이유였다).

지금까지도 수많은 소리와 그림자로 가득 찬 그 밤에 내가 어떻게 길을 잃지 않았는지가 궁금하다. 불과 얼마 전까지만 해도 어둠과 어둠이 만드는 괴물에 대한 공포로 몸을 떨었으니까. 그날 밤 밀짚 지붕을 얹은 초라한 나무 오두막이 내 피난처였다. 너무 오래 걸어 다리가 퉁퉁 붓고 진이 다 빠진 채로 그곳에 도착했다. 나중에 알게 되었지만 그곳은 프란시스쿠 디니스 삼촌이 야간에 농장을 순찰할 때 짬을 내서 들어와 휴식을 취하던 곳이었다.

오두막 안에서 나는 배가 너무 고파 손으로 더듬더듬 먹을 걸 찾기도 했다. 앞에서 말했듯이 겨우 옥수수 빵조각을 찾아냈지만. 이튿날 아침에 남은 빵조각을 먹을 때 빵에 곰팡이가 피었다는 걸 알았다.

내가 잠든 간이침대에는 매트리스도 없었다. 하지만 두툼한 옥수수 껍질 위로 기진맥진한 몸을 누이자 기분 좋은 냄새가 났다. 새벽이 얼마 남지 않아 나는 조금밖에 잘 수 없었다. 아침에 삼촌이 오두막에 나타났다. 항상 삼촌을 따라다니던 개가 짖는 소리를 들었다(필로투라는 이름의 개였다).

나는 잠이 덜 깬 상태로 햇빛에 눈부셔하며 오두막을 나섰다. 모샹 드 바이슈에 도착했을 때는 마리아 엘비라 이모와 주제 디니스 사촌에게 내 모험담을 전해주었다. 주제 디니스는 좌절감을 안고 내 얘기에 귀를 기울였다. 연애 실패로 자존심이 구겨진 일이 조금이라도 발각이 날까 봐 중요한 사실은 모조리 빼버리는 조심성을 발휘하며 이야기를 전했기 때문이다.

알리스는 내가 춤을 주도하길 바랐다. 하지만 나는 물정 모르는 숙맥이라 어떻게 해야 할지 몰랐다. 그날 밤 재단사에게는 엄청난 행운이 찾아왔다. 다만 그녀에게도 큰 행운이 찾아온 것인지는 알아봐야 할 것이다. 물론 영원히 알 길이 없겠지만.

내가 훌륭한 낚시꾼이었던 적은 한 번도 없었다. 그때는 내 또래 아이들이라면 누구나 내가 쓰던 것과 똑같은 낚시 도구들을 사용했다. 소박하기 이를 데 없는 물건이었다. 갈대를 낚싯대 삼아 바늘을 달고 봉돌과 코르크 찌를 달았다. 미끼라고 해봐야 낚싯줄에 묶어둔 파리가 전부였다. 내가 나이가 더 들고 난 뒤에 낚시에 대한 환상을 벗어던졌을 때, 동네 낚시 애호가들의 손에서 볼 수 있었던 도구, 나중에 등장한 현대적인 도구와는 비교할 수 없었다.

내 낚시 성적은 늘 초라하기 짝이 없었다. 기껏해야 잉어 몇 마리, 이따금 작은 뱅어 몇 마리를 잡을 수 있었다. 긴 시간의 기다림은 자주 허사가 되곤 했다. (헛되이 시간을 버린 건 아니었다. 당시에는 깨닫지 못했지만, 훗날 내게는 꼭 필요한 것들, 풍경과 냄새, 소리와 산들바람과 느낌을 '낚을' 수 있었다.)

뙤약볕이 아니라면 태양 아래서, 때론 울보 버드나무의 그림자 아래서 미끼를 드리우고 고기를 기다리곤 했다. 보통은 '우리 마을의 강'이라고 부르는 알몬다 강에서 늦은 오후에 물가에 앉아 낚시를 했다. 날이 너무 더우면 물고기들이 바위 사이로 기어 들어가 미끼를 물러 오지 않았기 때문이다.

어쩔 때는 우리 강의 어귀 이편 혹은 건너편에 앉아 낚시를 했고, 특별한 경우에는 거룻배를 타고 노를 저으며 먼 곳까지 가기도 했다. 테주 강을 가로질러 남쪽으로 향하면 캐노피처럼 나뭇가지들이 우거진 곳이 나온다. 모래톱으로 둘러싸인 그곳은 내가 가장 좋아하는 낚시터였다.

그 지역의 베테랑 낚시꾼들은 자기만의 낚시 방법과 전략, 비법을 갖고 있다고 뽐내곤 했다. 하지만 모두 한 시절 유행하다가 새로운 방법과 전략에 밀려났고, 옛것보다 더 효과적인 새로운 비법으로 대체되었다. 물론 그런 비법 중에서 내가 제대로 구사해 재미를 본 것은 없었다.

그 비법 가운데 가장 최신의 것으로 기억하는 것이 있다. 유명한 장미 가루(그때도 그렇고 지금도 계속 갖고 있는 의문은 낚시 박사들이 만든 가루가 장미의 어느 부분인지였다, 장미 꽃잎을 가루로 만든 것이 아닐까 생각한다)를 일종의 시적인 미끼 삼아 미리 물 위에다 뿌리면 그 때문에 물고기들이 모여들었다. 다소 부적절할지 모를 비유를 쓰자면 마치 비둘기 떼나 개똥지빠귀 떼가 모이 주변에 모이는 것과 같았다. 가난한 나는 감히 천한 손으로 그 금가루를 만져볼 수조차 없었다. 분명히 이것이 테주 강의 물고기 역사에서 가장 거대했던 뱅어 앞에서 모욕을 당한 이유였다.

지금부터 그 한탄할 만한 일에 대해 간략히 얘기하겠다. 그날 나는 낚시 도구를 들고 알몬다 강의 하구, 우리가 늘 '알몬다의 입'이라고 부르는 곳으로 갔다. 그 시절 그곳에는 좁고 긴 모래톱이 있었는데, 그 생김새가 마치 테주 강으로 혀를 내민 것 같았다. 내가 그곳에서 낚시를 하던 어느 날이었다.

날은 어느새 저물고 있었다. 하지만 수중세계의 신호를 감지하는 코르크 찌는 미동도 하지 않았다. 물고기가 미끼를 물고 있다는 감촉을 느끼면 흥분되는 떨림의 순간이 이어지게 마련인데 그런 일조차 없이, 갑자기 수심 깊숙한 곳으로 낚싯대가 빨려 들어가기 시작했다. 내 손에서 갈대 낚싯대를 채가기라도 하듯이.

나는 낚싯대를 놓치지 않으려고 당기고 당겼다. 하지만 물고기와의 투쟁은 오래가지 않았다. 낚싯줄이 엉킨 것인지 썩은 것인지 모르겠지만 내가 낚싯대를 한번 세게 잡아당기는 순간에 물고기가 미끼, 찌, 봉돌까지 모두 가져가버렸다.

독자들은 내 절망감을 한번 상상해보시라. 나는 그 강기슭에 망연자실 서 있었다. 그 사악한 녀석이 틀림없이 숨어 있을 그곳에서 다시 잠잠해진 강물을 바라보면서, 양손에는 쓸모도 없고 우스꽝스러운 낚싯대를 들고 무엇을 해야 할지 몰라 허둥대고 있었다.

바로 그 순간이었다. 내 인생 전체를 통틀어 가장 어리석은 생각이 떠올랐다. 집으로 달려가서, 다시 낚시 도구를 챙기고, 괴물에게 앙갚음을 해주기 위해 돌아오는 것. 내가 있는 곳에서 우리 외조부모님 댁까지 1킬로미터 이상 떨어져 있었다. 그러니 그 뱅어가 새로운 미끼를 들고 돌아올 때까지 계속 나를 거기서 기다리며, 미끼는 물론이고 낚싯바늘과 봉돌, 나아가 코르크 찌까지 소화시키면서 즐겁게 놀고 있어야 한다는 터무니없는 희망을 가지려면 나는 세상에 둘도 없는 바보가 되어야 했다(혹은 그저 물색 모르는 순진한 놈이거나).

그런데도 나는 모든 상식과 이성에 반한 행동을 개시했다. 부리나케 뛰기 시작해서 들판을 가로질러 달렸다. 지름길로 가려고 올리브밭과 그루터기만 남은 밀밭을 지나 숨을 헐떡거리며 집 안으로 뛰어들었다. 외할머니에게 자초지종을 설명하며 새 낚싯대를 준비했다. 그때 할머니가 물었다. 네 생각에는 아직도 그 물고기가 그곳에 있을 것 같으냐고. 하지만 나는 할머니 말을 귀담아 듣지 못했다. 듣기 싫었다. 아니 들을 수가 없었다.

다시 그 장소로 돌아왔다. 해는 이미 졌다. 낚싯바늘을 던졌다. 그리고 기다렸다. 나는 물의 침묵보다 더 무거운 침묵은 이 세상에 없다고 생각한다. 그때 나는 그 물의 침묵을 느꼈다. 지금까지도 그 침묵을 잊을 수 없다. 오로지 강물의 흐름만이 찌의 미동을 만들고 있었다. 그곳에서 어둠 때문에 코르크 찌가 더 이상 보이지 않을 때까지 머물렀다. 결국 나는 영혼 깊숙이 슬픔을 느끼며 낚싯줄을 감고 집으로 돌아왔다.

그 뱅어는 오래 살았을 것이다. 그 녀석이 과시한 힘으로 미루어보건대 아주 육중하고 사나운 녀석임이 틀림없다. 그러나 확실한 것은 그 녀석이 천수를 누리고 죽지는 못했을 거라는 사실이다. 다른 누군가가 언젠가 그 녀석을 낚았을 것이다. 그 녀석의 아가미에는 내 낚싯바늘이 걸려 있을 것이다. 내가 남긴 표시를 지니고 있는 것이다. 그러니 어떤 의미에서 그 녀석은 내 물고기인 것이 틀림없다.

어느 날 나는 테주 강어귀에서 주제 디니스와 사이좋게, 그날은 유독 평화롭게 낚시를 하고 있었다. (테주 강이 바다로 흘러 들어가는 어귀에서 낚시를 한 것인지는 의문의 여지가 있다. 우리가 강어귀에 이르려고 그렇게 멀리 걸어간 것 같지도 않고, 어귀 방향으로 걸어간 것 같지도 않다. 하지만 확실한 것은 강물의 양이 제법 많은 곳, 수심이 제법 깊은 곳에서 낚시를 했다는 것이다. 그곳은 여름의 폭염도 강바닥을 드러나게 만들 수 없는 곳이었고, 홍수에 휩쓸려온 몇몇 물고기 종들이 떼 지어 몰려 있는 곳이었다.)

이미 우리는 약골 물고기 두 마리를 낚아둔 상태였다. 그때 우리 또래처럼 보이는 시골 소년 둘이 나타났다. 그 둘은 모샹 드 시마에 사는 녀석들이 틀림없었다. 그러니 우리가 그들을 모를 수밖에 없었다(만나보라고 추천할 만하지도 않왔다). 물론 엎어지면 코 닿을 거리에 살지만 말이다.

둘은 우리 뒤에 앉았고 흔히 나눌 만한 얘기로 말을 걸었다. 어때? 무니? 안 무니? 그들이 질문했고, 우리는 '그럭저럭'이라고 답했다. 솔직히 답하면서 그들을 완전히 믿고 싶었다. 하지만 우리 실력을 비웃게 내버려둘 수는 없었다. 그래서 두 마리를 잡아 벌써 통에 넣어두었다고 얘기해주었다.

여기서 통이라고 하는 건 원기둥 모양의 양철 용기였다. 통에는 뚜껑이 달려 있었고, 한 팔에 걸 수 있게 활 모양의 철사도 달려 있었다. 이런 용기는 도시락의 일종으로 쓰였는데 막대기를 이용해 어깨에 걸치곤 했다. 주로 일꾼들이 들판에 음식을 가져가는 용도로 쓰였다. 토마토 철이 되면 토마토를 두껍게 썰어 넣은 가스파초 수프, 또 다른 계절에는 강낭콩을 넣은 양배추 수프, 그리고 일꾼 각자의 처지에 맞춘 음식들이 담겼다.

우리는 보기보다 낚시에 초짜가 아니라는 걸 명확하게 해둔 뒤에 다시 납빛으로 착 가라앉은 수면 위에서 꼼짝도 하지 않는 찌를 향해 정신을 집중했다.

한동안 침묵이 흘렀다. 시간도 흘렀다. 이윽고 우리 중 하나가 뒤를 돌아보았다. 두 소년이 보이지 않았다. 순간 우리는 불길한 예감에 사로잡혀 통을 열어보러 갔다. 거기에는 두 마리 물고기 대신에 두 개의 잔가지만 떠 있었다.

지금까지도 나는 어떻게 악동 둘이서 아무 소리도 내지 않은 채 통 뚜껑을 열고 물고기를 꺼내 달아날 수 있었는지 이해하지 못하고 있다. 집에 돌아와 그날 벌어진 일을 마리아 엘비라 이모와 프란시스쿠 이모부에게 얘기했다. 두 사람은 배꼽을 잡고 웃었다. 우리가 당한 일이 그들을 박장대소하게 만든 것이다. 그들을 비난할 수는 없었다. 충분히 웃음거리가 될 만한 일이었으니.

사냥꾼으로서의 재주는 낚시꾼으로서의 재주보다 더 형편없었다는 것이 진실이다. 언젠가 새총으로 참새 한 마리를 잡은 적이 있다. 확신도 없이 서투르게 쏘았는데 명중했다. 그 일은 내 인생의 '안도감과 뉘우침과 흉악한 범죄의 연대기'에서 언젠가 이야기할 수밖에 없는 슬픈 이야기 중 하나로 남았다.

하늘을 나는 새를 조준하는 일은 늘 형편없었지만 알몬다 강의 개구리를 겨냥하는 일은 그렇지 않았다. 새 총알로 개구리들을 명중시켰고 무자비하게 쓰러뜨렸다. 진실로 어린이의 잔인성에는 한계가 없다(바로 이것이 어른의 잔인성이 한계가 없는 근본적인 이유이다).

도대체 죄 없는 양서류들이 내게 무슨 해코지를 했을까?

모습이 쉬 바뀌는 진흙 위에 편히 앉아 햇볕을 쬐며, 위에서 내려오는 더운 열기와 아래에서 올라오는 신선한 기운을 동시에 즐기던 개구리들이.

새 총알로 쓰이던 돌멩이가 휘파람 소리를 내며 개구리들을 덮치면, 그 불행한 녀석들은 자기 생애의 마지막 공중제비를 하고 다리를 하늘로 뻗고서 그대로 널브러졌다. 강물은 그 죽음의 가해자가 아니었다. 하지만 개구리들이 쏟은 몇 방울의 피를 자비로운 마음으로 씻어주곤 했다. 그러는 동안 나는 어리석음을 깨닫지 못한 채 승리에 도취된 사람이 되어 상류로 하류로 새로운 희생자를 찾아서 뛰어다녔다.

'재봉사'에 대해서 다른 곳이나 다른 사람에게서 한 번도 들어본 적이 없다는 건 신기한 일이다. 제대로 여물지 않은 나이 때부터 나는 조숙한 이성주의자의 면모를 보여준 바 있다. (미사 얘기를 할 때 이교도적 행동을 했다는 걸 환기하는 것으로 충분할 것이다. 성당에서 작은 종이 딸랑거릴 때, 그들이 보지 않길 바란 걸 보려고 고개를 살짝 모로 들었던 이야기 말이다.)

'재봉사'도 그런 관점에서 어머니에게 말씀드렸다. 나무벌레나 그 비슷한 곤충이 아니겠느냐는 식이었다. 하지만 내 생각은 완전히 빗나갔다. 그 시절에 집을 지을 때 쓰던 두터운 회반죽 속에 '나무벌레'가 서식하는 건 불가능했으리라 (실제로는 벌레가 아니라 유충이었겠지만). 현대적인 콘크리트로 지은 집은 아니었겠지만 벌레가 갉아먹기는 매우 힘들었을 것이다.

그렇다면 도대체 무엇이었을까? 집 전체가 침묵 속에 착 가라앉을 때면, 어머니는 세상에서 벌어지는 아주 자연스러운 일에 관해 얘기하듯 이렇게 말씀하시곤 했다. 재봉사가 또 왔네. 그럴 때면 어머니가 가리키는 벽의 소리 나는 지점으로 귀를 갖다 대곤 했다. 그러면 어김없이 그 소리가 들려왔다. 정말이다. 그 소리를 똑똑히 들었다고 맹세할 수 있다.

절대로 헷갈릴 수 없는 재봉틀 소리, 그 페달 돌리는 소리 (그 시절에는 다른 종류의 재봉틀은 없었다)가 들려왔다. 이따금 특이하게 질질 끄는 소리도 들렸다. 마치 재봉사가 바늘의 움직임을 제어하기 위해 바퀴에 오른손을 올릴 때 나는 소리, 즉 재봉틀을 멈추는 소리 같았다.

나는 리스본에서 그 소리를 들었다. 아지냐가의 외조부모님 댁에서도 그 소리를 들었다. 저기 재봉사가 있네. 또 왔네. 조제파 외할머니가 마리아 엘비라 이모에게 말하곤 했다. 순수한 백색의 침묵하던 벽으로부터 난데없이 들려오던 소리는 한결같았다.

그 당시 사람들의 설명은 참으로 황당무계했다. 그렇지 않은 설명이 과연 있을 수 있을까 싶기는 했지만. 우리가 뚜렷하게 들은 소리가 일요일에도 쉬지 않고 일한, 신앙심 없는 어느 재봉사의 슬픈 운명의 산물이라는 설명이었다. 안식일에 휴식하지 않은 큰 잘못으로 인해 집 벽에 영원히 갇혀 재봉틀로 옷을 만드는 벌을 받았다는 것이다(물론 그런 판결을 내린 판사의 이름은 남아 있지 않았다).

일요일에 일해야 하는 기독교인을 아무런 연민도 없이 가차 없이 처벌해야 한다는 생각은 맹목에 불과하다. 그런데도 그 당시 사람들은 그래야 한다고 말했다. 이런 관습은 오랜 옛날에 이미 또 다른 희생자를 만들어놓았다. 바로 달에 사는 사람이다. 달에는 장작 한 묶음을 등에 진 사람이 살고 있다. 여기 지구에서도 뚜렷이 보인다. 그 사람은 그곳에 갇힌 채 영원히 짐을 나르는 형벌을 받았다. 나쁜 짓을 따라 하고 싶은 유혹을 느끼는 경솔한 사람들에게 본보기가 되게 하려고 말이다.

벽 속의 재봉사 이야기로 다시 돌아가보자. 도대체 그사이에 세상에서 무슨 일이 벌어진 것일까. 그 재봉틀 돌리는 여자가 완전히 자취를 감추고 말았다. 지난 70년이 넘는 세월 동안 재봉사가 일하는 소리를 더 이상 듣지 못했다. 그 재봉사에 관해 이야기하는 사람도 더 이상 만나지 못했다.

그녀의 형량이 줄어든 것일까.

만약 그런 것이라면 달에 있는 남자에게도 똑같은 자비가 베풀어지길 바란다. 달 사람도 너무 오래 짐을 날랐기 때문에 지칠 대로 지쳤을 것이다. 게다가 그 남자가 달에서 사라지면, 달 속의 그림자도 사라질 것이고, 지상에 더 많은 달빛을 보낼 수 있을 것이다. 그것이야말로 모두에게 이득일 것이다.

이미 앞에서 말했듯이 외조부모님 댁을 카잘리뉴라고 불렀다. 그 집이 들어선 동네 이름은 디비종이스였다. 아마 외갓집 건너편에서 군데군데 흩어져 자라는 올리브나무들의 주인이 여럿이었기 때문일 것이다(그 올리브밭은 나중에 축구장이 되었다가 최근에는 공원이 되었다). 그래서 당시 올리브나무 줄기에는 목축용 동물들처럼 주인 이름의 약자가 새겨져 있었다.

외조부모님 댁은 그 시절 집치고도 아주 엉성했다. 흙으로 지은 1층짜리 집으로 강물의 범람에 대비하기 위해 땅으로부터 약 1미터 위에 세웠다. 정면에서 보면 아무런 장식이 없는 밋밋한 현관이 보였다. 집에는 창문도 하나 달리지 않았다. 그저 현관문 하나 달랑 달렸는데, 그 문에 쪽문이 하나 붙어 있었다.

집은 크게 두 공간으로 나뉘었다. 하나는 바깥방이었다. 거리로 향해 있다는 이유에서 그렇게 불렀다. 그 방에는 침대 두 개, 상자 몇 개가 있었다. 기억이 틀리지 않는다면 상자는 세 개였을 것이다. 그 방을 지나면 부엌이 나왔다.

바깥방과 부엌 모두 지붕 위에는 기와를 얹었지만 제 역할을 못 하고 있었다. 바닥은 모두 맨 흙바닥이었다. 밤이 되어 석유램프를 끄면 늘 천장 틈새로 길 잃은 별이 반짝거렸다.

우리 할머니는 부정기적으로 아마 두 달이나 석 달 간격으로 바깥방의 바닥에 흙을 바르곤 했다. 이것을 가리켜 '칠하기'라고 했다. 할머니는 적당량의 흙을 물통에 풀어둔 다음에 무릎을 꿇고서 흙물에 흠뻑 적신 천으로 당신의 앞쪽에서 몸 쪽으로 칠을 해나갔다. 이쪽저쪽 구석구석 팔을 크게 움직이며 새 흙으로 방바닥 전체를 덮어갔다.

흙이 완전히 마르기 전까지는 바닥을 밟는 건 완전히 금지되었다. 아직도 내 코끝에서는 그때의 젖은 흙냄새가 나고, 내 눈에는 물기가 증발하면서 서서히 말라가던 방바닥의 붉은 빛깔이 선명하다. 부엌은 한 번도 '칠하기'를 하지 않은 것으로 기억한다. 그리 잦은 일은 아니었지만 '쓸기'는 했다. 하지만 칠하기는 한 번도 없었다.

바깥방에는 침대와 상자 말고도 원목 탁자가 하나 있었

다. 니스 칠을 하지 않은 탁자였는데 다리가 매우 길었다. 탁자 위에는 색이 바랜 데다가 수은막 곳곳에 흠집이 생긴 반투명 거울 하나가 놓여 있었다. 탁상시계도 있었고 값어치 없는 잡동사니들도 놓여 있었다. (오랜 시간이 흐른 뒤에, 무려 40년의 세월이 흐른 뒤에, 나는 리스본의 골동품 가게에서 그 비슷한 시계를 하나 장만했다. 마치 내 유년기로부터 빌린 물건이라도 되는 것 같았다. 그 시계를 지금도 갖고 있다.)

탁자 위에 있던 거울은 작고 투박한 화장대의 일부였다. 그 거울도 니스 칠을 하지 않았다. 화장대 중앙에 큰 서랍 하나, 양편으로 작은 서랍이 두 개였다. 그 작은 서랍에는 아무 쓸모도 없는 작은 물건들이 가득했다. 그 물건들은 눈에 띌 만한 어떤 변화도 없이 그대로 시간만 흘려보내고 있었다.

그 탁자 위로는 하얀 벽이 있었다. 바로 그곳에 사람 얼굴의 은하계라도 되는 듯, 우리 가족의 사진들이 한데 모여 있었다. 바깥방의 덧칠 벗겨진 벽에 가족의 초상을 장식으로 배치하자고 생각한 사람은 아무도 없었다. 하지만 제단에 놓인 성인(聖人)들의 집단 초상처럼, 영원히 한자리에 움직이지 않고 고정된 공동 납골당의 여러 존재들처럼 어느새 그곳에 모두 모여 있었다.

부엌은 또 다른 세상이었다. 침대 두 개, 탁자 하나가 있었다. 바닥이 평평하지 않아 절룩거리는 탁자를 고정하려고 다리 하나에 늘 굽 높은 신발을 신겨놓았다. 파란색으로 칠한 의자 두 개와 벽난로도 있었다.

그 벽난로 속에는 '부엌 인형'이라는 것이 있었다. 그 인형은 벽난로 안쪽에 있었는데, 아주 확연한 것은 아니었지만 윤곽을 보면 얼추 사람 형상을 닮아 보였다. 하지만 그 인형도 그 집의 다른 물건들과 함께 모두 사라지게 되었다.

외할머니가 돌아가시고 그 집을 물려받은 막내 외삼촌 마누엘이 집을 완전히 개조했기 때문이다. 막냇삼촌도 아버지처럼 치안부 소속 경찰이었다. 그는 옛집을 허물고 완전히 새로 집을 지었다. 새집은 평범한 사람들의 눈으로 보아도 참을 수 없는 몰골이었다. 하지만 외삼촌에게만은 눈부신 집으로 보였던 것 같다. 다만 그에게 새로 만든 집에 만족하느냐고 한 번도 물어보지는 못했다. 우리 가족의 뿌리 깊은 전통에 따라 서로 대화를 나누는 걸 중지했기 때문이다.

우리가 인형이라고 부른 것은 이교도들이 가정의 신이라 믿은 걸 축소해 재현한 것이 아닌가 싶다. 가령 로마시대에는 집을 지키는 신이 있었다. (그 시절에 우리가 자주 쓰던 표현이 생각난다. '집 지키는 신에게로 돌아간다'는 표현이었다. 그 의미는 '집으로 돌아간다'였다.)

그 인형은 일종의 돈을새김과 유사했던 것 같다. 사각 벽

돌을 벽 속에 특정한 방식으로 배치하여 만들었다. 먼저 벽돌 두 개를 아래에 놓았는데 그것이 일종의 몸통이었다. 그 위에다가 제3의 벽돌 하나를 올리는데 두 벽돌 바닥의 중앙에 놓았다. 그렇게 일종의 목 노릇을 하게 했다. 끝으로 네 번째 벽돌은 비스듬히 세워놓았다. 그것은 일종의 머리 구실을 하게 했다.

외할머니는 이를 가리켜 '부엌 인형'이라고 부르곤 했다. 수 년이 흐른 뒤에 독서로 기른 인지 능력 덕분에 드디어 정확한 설명을 찾았다고 생각하기 전까지는 할머니가 전한 '부엌 인형'에 관한 정보에 만족했던 것 같다. 그런데 내가 발견한 설명은 정확한 것일까?

벽난로는 작았다. 겨우 두 명이 앉아 몸을 녹일 수 있는 정도의 크기였다. 대개는 외할머니와 내가 그곳을 차지했다. 추위는 대단했다. 겨울이 되면 언제나 그랬듯이 추위가 밤새 항아리에 들어 있는 물을 꽁꽁 얼렸다. 아침이면 우리는 얼음 층을 막대기로 부수느라고 애를 먹었다. 벽난로 앞에 선 우리 얼굴이 빨갛게 익었지만 우리 등은 덜덜 떨었다. 맹추위가 몰아닥치면 몸이 집 안에 있어도 집 밖에 있는 것과 아무런 차이를 느끼지 못했다.

부엌에 달아놓은 문을 열면 밭으로 이어졌다. 문이라기보다는 거적문에 가까웠다. 아주 낡았고 군데군데 균열이 나 있었다. 어떤 균열은 손이 들어갈 만큼 클 정도였다. 그러나 놀랍게도 수 년 동안 그대로였다. 그 집을 처음 짓고 돌쩌귀에 문을 달 때도 이미 낡은 상태였던 것처럼 말이다. 그러다가 제로니무 외할아버지가 돌아가시자(1948년에 세상을 떠나셨다) 처음으로 문짝을 수선한 일이 있었다. 하지만 제대로 고쳤다고 볼 수는 없었다. 어쨌든 그 문이 교체된 것을 본 적이 없었다.

바로 그 검소한 집에서 우리 외조부모님이 결혼식을 치르고 첫날밤을 보냈다. 당시 마을 사람들의 중론에 따르면 외할머니는 아지냐가에서 가장 예쁜 처녀였다. 반면 외할아버지는 산타렝 구빈원의 아기 통에 버려진 사람이었고 피부색 때문에 '검정 막대기'로 불리는 사람이었다. 그 둘은 늘 그 집에서 살았다.

결혼식을 치른 첫날밤에 외할아버지가 집 현관 앞에 앉아 밤을 지새웠다는 얘기를 할머니가 해주었다. 밤이슬을 맞으며 무릎 위에 막대기 하나를 올려놓고서. 신혼부부 집에 가서 지붕 위로 돌을 던지겠다고 맹세한 질투심 많은 마을의 경쟁자들을 기다렸다. 물론 그날 밤에 아무도 나타나지 않았다. 달은 밤새도록 제 갈 길을 가며 하늘을 여행했다(이런 상상에 대해 독자들이 너그럽게 양해하시길). 그러는 동안 할머니는 침대에 누워 뜬눈으로 신랑을 기다리고 있었다. 신랑 신부가 서로를 포옹했을 때는 이미 동이 터오는 새벽이었다.

이제는 『마리아, 숲의 요정(Maria, a Fada dos Bosques)』이라는 유명한 소설에 대해 얘기할 시간이다. 이 소설은 1920년대에 리스본 빈민가에 거주하던 가족들의 눈물샘을 자극했다. 내가 헷갈린 게 아니라면 그 소설은 로마노 토레스 출판사에서 출간했다. 16페이지 분량의 주간연재분, 혹은 분책 형태로 발간해서 매주 정기구독자의 집으로 보내주었다.

카발레이루스 길 57번지의 꼭대기 층에 살았을 때 그 책을 받아보았다. 하지만 당시 내가 체험한 계몽의 빛은 고작 칠판에 글씨를 쓰는 정도의 미약한 수준이었다. 알파벳을 해독하는 세련된 방법을 배우는 일은 아직 시작조차 하지 않았으니 책을 읽을 수는 없었다.

당시 어머니와 나는 둘 다 문맹이었다. 나는 일정 기간 동안만 문맹이었겠지만 어머니는 평생을 까막눈으로 살았다. 그래서 펠릭스의 어머니가 우리 둘을 계몽하기 위해 큰 목소리로 소설을 낭독하는 일을 담당했다. 내 기억 속에서 샅샅이 뒤져봤지만 그녀의 이름을 결국 찾아내지는 못했다.

우리 세 사람, 낭독자와 청자는 그 시절 빈민 가정이라면 응당 갖추고 있던 앉은뱅이 의자에 옹기종기 앉아 언어의 날개가 우리 세상과는 아주 다른 세상까지 태우고 날아가도록 내버려두곤 했다.

매주 우리는 불행한 마리아의 이야기를 들었다. 시간이 흐르면서 마리아의 인생 유전에 관한 여러 이야기들은 잊어버렸다. 기억한다손 치더라도 여기에서 상세히 얘기하는 것은 별로 적절하지 않을 것이다. 다만 증오의 희생자 마리아, 힘세고 사악한 경쟁자의 치명적 시기심 때문에 희생자로 전락한 마리아, 그녀의 머리 위로 무자비하게 쏟아지던 수천의 불행 중 영원히 내 뇌리에 박힌 이야기가 하나 있다.

한번은 마리아가 그녀를 죽이려는 여자 성주(城主)의 지하, 그 어두침침한 곳에 갇힌 적이 있었다. 이때 마리아의 경쟁자는 또다시 사악한 면모를 과시한다. 이미 소설 앞부분을 읽으면서 친애하는 독자들이 넘치도록 알게 된 사실, 즉 성주가 배냇적부터 사악했다는 걸 재확인할 필요가 있다는 듯이.

마리아의 적은 불쌍한 처녀 마리아가 자수와 다른 여성적 노동에 재능이 뛰어나다는 걸 이용한다. 마리아에게 명령을 내려 강제 노동을 시키는데 말을 듣지 않으면 최악의 벌을 내리겠다고 협박도 한다. 그 벌이란 것도 참 다양했는데 알 만한 것도 있고 아직 알려지지 않은 것도 있었다.

성주는 악녀이기만 한 것이 아니라 착취자이기도 했다. 마리아는 지하에 감금되어 아름다운 수예품 여럿을 수놓아야 했다. 그중에는 걸작으로 칭송받을 만한 여성용 실내 가운도 있었다. 그리고 성주는 그 가운을 자신이 직접 입으려고 잘 간수해둔다.

그때 오직 소설에서만 벌어지는 놀랍고도 우연한 일이 벌어진다. 그런 우연의 개입 없이는 아무도 소설 쓰기 노동에 종사하지 않을 것 같은 일이 생긴다. 마리아를 사랑하고, 마리아도 이미 다정하게 호감을 표시한 적 있는 훤칠한 신사가 그 성을 방문한다. 사랑하는 여자가 포로로 잡힌 채 지하 감옥에서 수를 놓으며 수없이 손가락을 찔리고 있다는 걸 전혀 모른 채로.

사악한 성주는 오래전부터 그 신사를 주목해왔다. 이미 앞에서 말한 바 있는 끔찍한 경쟁심 때문이었다. 성주는 그날 밤에 그 남자를 유혹하겠노라 작정한다. 그리고 작심한 대로 행동에 돌입한다.

성주는 한밤중에 슬그머니 손님의 침실로 들어갔다. 마리아가 손수 만든 가운을 입고서. 천상의 궁전에 기거하는 모든 성인(聖人)들조차 넋을 잃을 만한 향수 냄새와 도발적인 몸짓으로 유혹하기 시작했다. 그랬으니 고결한 희생자인 마리아를 아무리 깊이 사랑한다 하더라도, 인생의 절정기를 맞아 활력이 넘치던 신사는 무너질 수밖에 없었다.

신사가 침대로 스며든 부도덕한 피조물의 팔에 감길 순간이었다. 레이스를 헤치면 확연히 흥분을 자아내는 둥근 두 가슴이 드러날 터였다. 그 가슴 위에 입을 맞추고 유혹의 심연 앞에서 굴복한 채 막 추락하려던 찰나였다. 음흉한 성주가 승전가를 막 부르기 시작하려는 그 순간, 신사가 갑자기 뒤로 몸을 젖히고 물러섰다. 클레오파트라의 양 가슴 사이를 흐르는 수로에 숨어 있던 독사에 물리기라도 한 것 같았다. 그는 떨리는 손을 자수 위에 얹고 큰 소리로 절규했다. 오! 마리아! 마리아! 도대체 어떻게 알게 된 것일까? 독자들이 믿기 어려워한다는 것을 잘 안다. 하지만 작가가 분명히 그렇게 써놓았다.

마리아가 지하 감옥에서 실내 가운을 만들 때, 그 속에 자기 이름과 갇혀 있는 장소를 함께 수놓은 것이었다. 구원자의 손에 메시지가 당도하기를 기대하며 바다에 병을 던진 난파선의 선원처럼 구조 요청을 보낸 것이다. 결정적인 순간에 치욕적인 일로부터 구원을 받은 남자는 음탕한 성주를 완력으로 제압하고 순결하고 칭송받아 마땅한 마리아를 구출하기 위해 침실을 뛰쳐나갔다.

우리 가족이 페르낭 로페스 길로 이사한 시점이 바로 이 대목을 접한 뒤였다. 어머니와 나에게 『마리아, 숲의 요정』

은 거기서 끝이 나고 만다. 정기구독자는 펠릭스의 어머니였고 우리는 매주 무료 낭독의 혜택을 입고 있었으니까. 그 매주 낭독은 결코 사소한 일이 아니었다. 특히 내게 더욱 그랬다. 아주 어린 나이였는데도 극적이고 마음을 동요시키는 삽화는 내 기억 속에서 영원히 지워지지 않은 채 남았다.

나는 읽기를 빨리 배웠다. 마르텡스 페항 길의 학교에서 시작한 읽기 교육 덕분이었다. 그 학교에 대한 기억은 기껏해야 입구와 늘 어두웠던 계단이 전부였다.

내 읽기 공부는 중간 단계를 건너뛰고 바로 상위 과정으로 이어졌다. 정기적으로 신문 지면을 접한 것이 '고급 포르투갈어' 과정을 이수하는 셈이었다. 당시 내가 본 신문은 《디아리우 드 노티시아스》라는 일간지로 아버지가 매일 집에 가지고 왔다. 아마도 아버지는 늘 친구에게서 신문을 얻었을 것이다. 잘 나가는 신문판매원 친구나 길거리 매대 주인 친구였을 것이다.

당시 아버지가 신문을 직접 구입하지는 않았을 것이다. 이유는 명백했다. 그 같은 사치에 값을 치를 여력이 우리 가족에게는 없었다. 당시 우리 가족의 형편이 어떠했는지를 짐작하는 것은 그리 어렵지 않다. 수 년간 어김없이 계속 벌어진 일이 하나 있었다. 어머니는 겨울이 끝나면 담요를 들고 전당포를 찾아갔다. 그리고 그 담요를 찾아오려고 한 푼 두 푼 꾸준히 저축하며 매달 이자도 갚고 마침내 원금도 갚았다. 그렇게 초겨울 추위가 닥치기 시작할 때쯤 담요를 되찾아왔다.

확실히 말하자면 당시 내가 유서 깊은 그 조간신문을 유창하게 읽을 수 있었던 것은 아니었다. 다만 한 가지 사실은 분명했다. 신문 기사도 내가 학교에서 배우는 것과 똑같은 문자로 쓰여 있다는 것이다(그때 우리는 그것을 문자가 아니라 글자라고 불렀다). 그때 나는 학교에서 글자의 이름, 기능, 글자끼리의 상호 관계를 배우고 있었다.

그 덕분에 나는 읽기가 가능했다. 하지만 아직 맞춤법에 따라 제대로 쓰지는 못했다. 내가 읽은 것을 이해하지도 못했다. 신문을 읽다가 아는 단어를 발견하는 건 도로에서 교통표지판을 발견하는 것과 같았다. 잘 가고 있다고, 제대로 된 방향으로 계속 가라는 신호와도 같았다.

그렇게 다소 특이한 방식으로 하루하루 신문을 읽다 보니 어느새 신문을 읽은 기간만 따져도 몇 달이나 되었다. 그런 식으로 집안 어른들이 주고받는 농담에 귀를 막으려고 애썼다. 자기를 가로막는 벽을 쳐다보듯이 내가 신문을 뚫어져라 응시하는 걸 지켜보며 어른들은 즐거워했다.

그러던 어느 날 드디어 집안 어른들의 말문을 닫게 하는 일이 벌어졌다. 내가 30분 동안이나 집안 어른들의 시선을 한 몸에 받게 된 사건이었다. 내가 조금도 주저하지 않고 또랑또랑한 목소리로 신문 기사를 단박에 읽어 내려간 것이다. 신경은 곤두섰지만 승리자의 쾌감을 느낄 수 있었다.

내가 읽은 것을 이해할 수는 없었다. 하지만 그것은 전혀 중요하지 않았다. 그 자리에는 우리 부모님만 있었던 것이 아니었다. 과거에는 회의적인 반응을 보였지만 이제는 큰 감명을 받은 이들이 있었으니 바로 바라타 가족이었다.

그 집은 책이 거의 없는 집이었다. 달랑 한 권이 있기는 했지만 두꺼운 책으로 제본이 되어 있었다. 오기(誤記) 없이 만들어진, 하늘색 표지의 책이었다. 도서명은 『풍차의 휘파람새(A Toutinegra do Moinho)』였다. 내 기억이 정확하다면 책의 저자는 에밀 드 리쉬부르였다. 그 이름은 프랑스 문학사, 아주 상세한 문학사조차도 큰 관심을 보이지 않았을 것이다. 소수의 문학사가들이 기록을 해두었을지는 모르겠다. 하지만 작가는 언어의 힘을 빌려 섬세한 인간 심리와 격정적인 감상주의(感傷主義)를 탐색하는 데 탁월한 재능을 보여주었다.

이 불후의 문학적 자산은 원래 분책으로 나뉘어 출간된 걸 모아놓은 것이었다. 책의 소유자는 콘세이상 바라타였다. 그녀는 옷장 서랍 속에 보물이라도 되듯이 책을 간수했다. 박엽지*에 싸인 책에서는 나프탈렌 냄새가 났다.

내가 처음으로 독자로서의 위대한 체험을 한 것이 이 책 덕분이었다. 당시 나는 팔라시우 다스 갈베이아스 공립도서관에서 먼 곳에 살았지만, 그곳으로 향하는 첫걸음을 내디딘 셈이었다. 우리 가족과 바라타 가족이 2년 가까이 함께 거주한 덕분에 그 책을 다 보고도 처음부터 다시 읽을 정도의 시간을 넉넉히 가졌다.

하지만 『마리아, 숲의 요정』이 안겨준 기억과 달리, 이 소설의 경우에는 아무리 애를 써도 단 한 단락조차 생각나지 않는다. 저자 에밀 드 리쉬부르는 『풍차의 휘파람새』를 지워지지 않을 잉크로 집필했노라 믿었을 것이니 내 존경심 부족이 매우 못마땅할 것이다.

그 집에서 벌어진 일은 그것만이 아니었다. 수 년이 흐른 뒤에 뒤늦게 깨닫게 된, 놀라운 일도 있었다. 페르낭 로페스 길의 6층집에서 몰리에르**도 읽었다는 걸 나중에야 알게 된 것이다.

어느 날 우리 아버지가 책 한 권을 들고 나타났다(당시에도 어떻게 그 책을 얻었는지 상상하기가 매우 어려웠다). 그 책

---

* 사전, 담배 등에 쓰이던 얇은 종이.
** Moliere, 17세기 프랑스의 극작가이자 배우.

은 다름 아니라 포르투갈인과 프랑스인 간의 회화 안내서였다. 책은 크게 세 단으로 나뉘었다. 왼편의 첫 번째 단에는 포르투갈어, 중앙의 두 번째 단에는 프랑스어, 그리고 오른편의 세 번째 단에는 두 번째 단에 있는 프랑스어의 어휘들을 어떻게 발음하는지가 쓰여 있었다.

프랑스어로 의사소통을 해야 하는 포르투갈 사람이 맞닥뜨릴 법한 여러 상황(기차역에서, 호텔 로비에서, 렌트카 대리점에서, 항구에서, 극장 입장권을 구입하면서, 양복점에서 양복을 입어보면서 등)에서 회화 안내책의 도움을 받을 수 있게 만든 책이었다.

그중에 기억나는 것이 있다. 두 명의 등장인물이 다소 이례적인 대화를 나누는 대목이었다. 한 명은 스승이고 한 명은 학생 같았다. 나는 그 부분을 수없이 반복해서 읽었다. 스승이 태어날 때부터 유창하게 말을 했다는 이야기를 학생이 믿지 못하고 놀라워하는 상황이 아주 재미있었다.

당시 나는 몰리에르에 대해서 아무것도 몰랐다(어떻게 그 나이에 몰리에르를 알 수 있었겠는가). 하지만 그의 세계에 접근했다. 그것도 아주 대문으로 입장하는 셈이었다. 아직 기초적인 모음도 제대로 배우기 전의 일이었다. 누가 뭐래도 나는 운이 좋은 소년이었다.

나는 마르텡스 페항 길에 있는 학교에서 1학년을 마치고 라르구 두 레앙 길에 있는 초등학교로 전학을 갔다. 새 초등학교의 교장 이름은 생각이 나지 않지만, 성은 아직도 기억난다. 그는 바이링유라는 희귀한 성을 가졌다(오늘날 리스본의 전화번호부에는 바이링유라는 성을 쓰는 사람이 한 명도 없다).

교장은 키가 크고 삐쩍 마른 사람이었다. 표정은 늘 근엄했다. 그는 한쪽 머리카락을 반대쪽으로 넘겨 포마드로 고정하는 식으로 탈모 사실을 숨겼다. 우리 아버지가 택한 방법과 똑같았다. 비록 내 생부의 머리 모양보다 교장의 머리 모양이 훨씬 보기가 좋았다고 고백해야겠지만.

어린 나이의 내 눈에는 아버지의 모습이 기괴해 보였다(부족한 존경심에 대해 널리 양해하시라). 아버지가 침대에서 일어났을 때의 모습이 특히 그랬다. 헝크러진 머리숱이 제자리로 돌아가 축 늘어졌고, 부드럽고 창백한 두개골의 하얀 피부가 고스란히 드러났다. 경찰 신분이라 대부분의 시간을 제복을 입고 경찰모를 쓰고 다녀 머리를 가릴 수 있었으니 망정이다.

라르구 두 레앙 학교에 입학했을 때 2학년 여자 선생님은 이제 막 전학 온 소년이 교과서를 얼마나 이해하고 있는지 잘 몰랐을 것이다. 내게서 주목할 만한 지식 수준을 기대할 만한 이유도 전혀 없었으니까(그녀가 다른 관점에서도 생각해보아야 할 의무가 있는 건 아니라는 점은 인정해야 한다). 그래서 그녀는 지진아들이 모여 있는 분단에 가서 앉으라고 내게 명령했다. 새 학교의 학생 배치에 따르면 학습 부진아들은 일종의 림보* 구역인 선생의 오른편에 앉았다. 그곳은 같은 학급의 학생 모두가 좇아야 할 모범인 우등생들이 모여 있는 분단의 맞은편이었다.

선생님은 수업이 시작되고 며칠이 지난 뒤에 우리가 얼마나 철자법을 익혔는지 알아보려고 받아쓰기 시험을 보았다. 당시 나는 나이에 비해 글씨를 잘 썼다. 둥글고 균형 잡히고 또박또박 쓰인 글씨였다. 제지투는 그 받아쓰기 시험에서 하나만 틀렸다. (제지투라는 애칭과 관련해서 나는 아무런 책임이 없다. 가족들이 나를 그렇게 불렀을 뿐이다. 내 이름이 마누엘이고 애칭이 넬링유가 되는 것이야말로 최악이었을 것이다.) 단어 하나를 잘못 썼는데, 엄밀히 말하자면 그것도 완전히 틀린 건 아니었다. 그 단어를 구성하는 글자를 모두 적어놓기는 했으니까. 수업(clase)을 서웁(calse)으로 쓰면서 글자의 위치를 바꾸었을 뿐이다. 아마 과도한 집중 때문에 생긴 일일 것이다.

---

* limbo, 지옥의 변방으로 세례를 받지 못한 어린 영혼들이 머무는 곳.

지금 생각해보면 그곳이 내 인생의 역사가 시작된 곳이었다. (그 시절 우리 학교 교실에서, 아니 전국의 모든 학교 교실에서, 아이들이 앉을 때 쓰던 2인용 양수책상을 나는 그로부터 50년이 흐른 1980년에 피넬 지방의 시다델리 마을의 학교에서 다시 발견했다. 똑같은 책상이었다. 당시 나는 『포르투갈 기행(Viagem a Portugal)』이라는 책을 쓰려고 여행지를 답사하면서 사람들을 만나고 있었다. 그 마을도 그 일환으로 들렀다. 인생의 초창기에 저 책상 중 하나에 앉았을 거라고 생각했을 때는 솔직히 감동을 숨길 수 없었다. 오래 사용하기도 했고 제대로 관리가 된 것도 아니라서 낡고 얼룩지고 선이 그어진 책상이었다. 마치 1929년 라르구 두 레앙 초등학교에서 그곳으로 실어온 것만 같았다.)

다시 그 옛날 교실로 돌아가보자. 우리 반의 최우수 학생은 교실 입구의 바로 옆에 있는 책상에 앉았다. 그곳에서 학급의 문지기라는 영광스러운 역할을 수행했다. 교실 밖에서 누가 부르면 문을 열어주는 일은 바로 그 학생 담당이었다.

그런데 우리 선생님은 내게 학급의 최우수 학생 자리에 가서 앉으라고 명령했다. 이제 막 다른 학교에서 전학 온 학생, 자신이 지진아로 분류한 소년이 보여준 맞춤법 솜씨에 놀라서 내린 조치였다. 그 자리를 차지하고 있던, 이제 막 폐위된 군주는 그곳에서 밀려나는 수밖에 없었다.

그날 그 일이 지금 일어나기라도 하듯, 물건들을 황급히 챙겨 지구의 경도 방향으로 교실을 가로질러 급우들의 당혹스러운 시선을 받으며(감탄의 시선? 시샘의 시선?) 혼란스러운 마음으로 새 자리로 가서 앉는 내 자신을 떠올려본다. 국제 펜클럽에서 『바닥에서 일어서서』라는 소설에 상을 주었을 때, 이 이야기를 한 적이 있다. 수상식 참가자들에게 지금은 물론이고 앞으로도 그때와 비교할 만한 영광의 순간은 없을 것이라고 확실히 말해두기 위해서였다.

하지만 지금 나는 그 가련한 소년이 자꾸 떠오르는 걸 제어할 수 없다. 그 당시 한참 떠들어대던 원자입자에 대해 우리가 잘 알았듯이, 교사는 아동교육에 대해 참으로 많은 것을 알았을 테지만 그 소년을 냉정하게 쫓아냈다. 그는 자식을 자랑거리로 삼았을 부모님에게 어떻게 그 소식을 전했을까? 마치 톰 믹스*와 그의 말 토니처럼 지평선 너머에서 막 등장한, 이름 모를 외지인의 잘못으로 권좌에서 쫓겨난 소년.

내가 그 불행한 동료와 우정을 나누었는지는 기억나지 않지만 그가 내 얼굴을 보는 것조차 꺼렸을 확률이 높았다. 기억이 나를 속이는 것이 아니라면, 나는 얼마 안 가서 다른

---

* Tom Mix, 1880~1940, 미국 영화배우.

반으로 옮긴 것 같다. 그것이 선생의 공감능력 부족으로 생긴 문제를 해결하는 방법이었는지도 모른다.

화가 난 학부모가 바이링유 교장실에 들어가 자기 아들이 차별(당시 사람들이 이 단어를 썼을까?)의 피해자가 되었다며 격렬하게 항의하는 걸 상상하기는 어렵지 않다. 하지만 나는 그 원시적인 시기의 부모들이 그런 세세한 일에 크게 신경 쓰지 않았다는 인상을 갖고 있다. 당시 부모들은 자기 자녀들이 위 학년으로 올라갔는지 아니면 유급되었는지, 시험에 합격했는지 떨어졌는지에는 관심을 가졌다. 나머지는 중요하지 않았다.

내가 2학년에서 3학년으로 올라갔을 때 바이링유 교장은 아버지를 학교에 오시도록 했다. 그 자리에서 교장은 내가 부지런하고 훌륭한 학생이라 치하하면서, 1년 동안 3학년 과정과 4학년 과정을 동시에 이수하는 방법이 있다고 말했다. 3학년 과정은 학교에 개설된 과정을 따라가되, 4학년의 어려운 과목들은 바이링유 선생이 직접 운영하는 특별 수업에서 가르치겠다고 제안했다. 그 특별 교실은 교장 선생님의 자택이었고, 바로 학교 건물 꼭대기 층에 있었다.

그 수업은 무료였고 교장 선생님의 선의로 진행하는 것이니 우리 아버지가 마다할 이유가 없었다. 아버지는 흔쾌히 교장의 제의를 수락했다. 내가 이 특별 대우의 유일한 수혜자는 아니었다. 나를 제외하고도 세 명의 동료가 더 있었다.

그중 두 명은 제법 부유한 집안 출신이었다. 한 명의 이름은 조르즈였고, 다른 하나는 마우리시우였다. 세 번째 동료는 엄마가 과부라는 말을 들은 것만 기억난다. 그 친구는 이름조차 기억나지 않는다. 하지만 호리호리하고 약간 꾸부정한 모습은 눈에 선하다.

내가 헷갈리는 것이 아니라면, 조르즈는 이미 그때부터 턱수염이 듬성듬성 보이기 시작했다. 마우리시우로 말할 것 같으면 아동용 바지를 착용한 진짜 악마였다. 욱하는 성미의 소유자로 늘 시빗거리를 찾아다니면서 툭하면 싸움질이었다. 한 번은 화를 참지 못하고 동료에게 달려들더니 펜을 가슴에 박기도 했다. 그런 성미로 이 소년은 훗날 무엇을 했을까?

우리는 서로 친구이긴 했다. 하지만 서로를 크게 신뢰하지는 않았다. 그들 중에 우리 집에 온 사람은 한 명도 없었다. (그들도 우리처럼 임차한 집에서 살았다. 나는 그들을 우리 집에 초대해야겠다는 생각을 한 번도 하지 못했다.) 그들도 나를 자기 집에 초대한 적이 없었다. 우리가 서로 어울려 노는 곳은 오직 학교 운동장으로 한정되었다.

그 당시에 내가 두 단어를 혼동했던 것이 기억난다(이

것도 내가 의심하고 있는 난독증의 또 다른 증거일까). 지연 (retardador)과 보충(redentor)을 혼동하곤 했는데, 어떤 식으로 헷갈렸을까 상상할 만한 것 중에서도 가장 엉뚱한 방식이었다.

영화에서 느린 동작을 보여주는 슬로모션 효과라는 것이 있다. 포르투갈어로는 지연효과(o efeito de retardador)라고 불렸다. 당시에 그 기법이 영화에 처음 등장했거나, 아니면 내가 그 기법을 그제야 알게 된 것 같다.

어느 날 나는 친구들과 같이 놀다가 땅으로 몸을 날리려고 한 적이 있었다. 그때 나는 그 동작을 매우 느리게 보여주면서 말했다. 이것이 보충효과(o efeito redentor)라는 거야. 친구들은 내가 쓴 단어를 대수롭지 않게 생각했다. 아마도 내가 잘못 썼다는 것도 몰랐고, 그런 효과가 있다는 것도 몰랐으리라.

그 시절 학교 밖에서는 몇 번의 거대한 전투에 참가한 것이 기억난다. 동네 친구들과 벌인 싸움이었다. 서로 돌을 던지며 벌이는 전투였지만 다행히 누가 다쳐 피가 나거나 눈물을 흘리는 일은 없었다. 다만 모두 땀은 무지막지하게 흘렸다.

우리가 쓰던 방패는 쓰레기통에서 찾아낸 냄비 뚜껑이었다. 나는 용기가 특별히 넘치는 소년은 아니었다. 하지만 한 번은 돌멩이가 비처럼 쏟아지는 상황에서 공격을 감행한 적이 있다. 그 영웅적 행위만으로 우리가 맞서 싸우던 두세 명의 적을 혼비백산 흩어지게 만들었다.

지금 돌이켜보면 얼굴도 가리지 않고 전진한 건 초보적인 전투 수칙도 따르지 않은 것이었다. 오늘날의 교전 규칙에 따르면 양측은 자기 위치를 고수하고, 습격과 반격 없이 그 위치에서 적군과 교전한다.

70년 넘게 시간이 흐른 뒤에 기억의 안개 속에서 왼손에 냄비 뚜껑을 들고 오른손에 돌멩이 하나(양 바지주머니에는 돌멩이 두 개를 넣고)를 쥐고 있는 나를 떠올린다. 머리 위로 양측이 쏘아대는 돌멩이 총알이 오가는 이미지와 함께 말이다.

바이링유 선생님의 특별 수업과 관련해 지금도 생생히 기억나는 것이 있다. 수업이 끝날 때마다 탁자 너머의 교단 위로 학생 넷을 나란히 세워놓고는 멋진 글자로 하, 중, 상, 최상의 4단계 성적을 매겼다. 그는 우리가 필기를 하던 검정 표지의 공책을 펼치고 그날 배운 대목을 찾아 매일의 성적을 직접 기록했다.

나는 여전히 당시 공책을 간직하고 있다. 그것을 보면 당시에는 내가 참 훌륭한 학생이었다는 걸 알 수 있다. '하'는 매우 적고, '중'은 많지 않았다. '상'은 아주 많았고, '최상'도 제법 되었다.

그 공책에는 우리 아버지의 서명도 있었다. 그날 그날 내가 공부한 대목 아래에다가 '소자'라는 성으로 간략히 서명을 남겼다. 앞에서 이미 설명한 적이 있지만, 우리 아버지는 아들이 채택하게 만든 사라마구라는 성을 절대로 받아들이지 않았다.

드디어 학년 말이 되었고 나는 4학년 과정을 잘 마쳤는지를 평가하는 시험을 우등으로 통과했다. 이 일은 도시의 가족이나 시골의 가족 모두에게 큰 자랑거리가 되었다. 당시 구두 시험은 1층 교실에서 치러졌다(그 교실은 학교 건물 정면에서 보면 2층이었지만, 학교 건물 후면에서 보면 운동장으로 바로 이어지는 1층이었다). 그날 아침은 참으로 화창했다. 태양은 밝게 빛나고, 교실 양편의 열린 창문으로 산들바람이 들고 났다. 운동장의 나무들은 무성하고 푸르렀다(다시는 그 나무 그림자 아래서 뛰어놀지 못할 것이었다).

그날 새 옷을 입었다. 내 기억이 틀리지 않는다면, 양팔 아래가 꽉 끼던 옷이었다. 그날 심사위원이 던진 질문에 우물쭈물 망설이던 것이 생각난다(아마 답을 몰랐거나, 아니면 이따금씩 도지던 말 더듬는 버릇이 내 혀를 묶어버렸을 것이다). 그런데 누군가가 나직이 답을 속삭여주었다. 그는 학교에서 한 번도 본 적이 없는 아주 젊은 사람으로, 운동장으로 나가는 문들 중에서 가장 가까운 출구의 문설주에 기대어 서 있었다. 내게서 세 걸음가량 떨어진 곳이었다. 그곳에서 무엇을 하고 있었을까? 다른 사람들은 모두 교실에 들어가 있었을 시간에. 미스터리였다. 그때가 1933년 6월이었다.

그해 8월에 나는 질 비센트 중학교에 입학했다. 상 비센트드 포라 옛 수도원에 있는 학교였다. 한동안 나는 그 학교 이름과 성인(聖人)의 이름이 한 사람의 것이라고 생각했다…….* 그 시절에 내가 질 비센트**가 누군지 알기를 기대하는 것은 아무래도 무리였을 것이다.

이것은 내 추측인데(완전히 확실한 것은 없으니) 프랑스어 회화 매뉴얼과 당시의 좋은 기억력 덕분에 질 비센트 중학교에서 두각을 나타낼 수 있었던 것 같다. 처음으로 교실 앞에 불려나가 칠판 위에다 파피에***를 비롯해 프랑스어 단어 몇 개를 썼다. 프랑스어 단어를 술술 쓰는 것을 보던 교사는 만족감을 감추지 못했다. 아마도 우리 반에 몰리에르의 언어 고수가 있다고 생각했을지 모른다.

교사가 자리에 가서 앉으라고 했을 때는 맡은 바 역할을

---

* 학교 이름인 질 비센트와 수도원 이름에 나오는 성인 상 비센트가 같은 인물이라고 생각했다는 뜻이다.
** Gil Vicente, 1465~1537, 포르투갈의 극작가이자 시인.
*** papier, 종이를 뜻하는 프랑스어.

훌륭히 수행했다는 기쁨에 너무 도취된 나머지, 교단을 내려오면서 반 친구들을 웃기고 싶은 마음이 들었다. 호들갑을 떨고 싶은 마음을 억제할 수 없었던 것이다. 사실 긴장이 풀어지면서 벌인 행동에 불과했다. 하지만 교사는 그 행동이 미래의 나쁜 태도를 보여주는 전조라고 걱정했던 것 같다. 그는 내게 주려던 점수를 낮추겠다고 즉시 통보했다. 과도한 처벌이었다. 그렇게까지 잘못한 것은 아니었다. 나중에 교사는 그 학급에 학생들을 쥐고 흔드는 선동꾼이 있는 건 아니라는 걸 이해했고 자신의 성급한 판단을 수정했다.

수학 선생님과 관련된 일도 있었다. 당시 우리는 신입생으로 그 학교에서 첫해를 맞았기 때문에 당연히 교사들의 이름을 모르고 있었다. 수학 교사에 대해 얘기하는 걸 들어본 적도 없었다. 그랬기에 수학 교사가 직접 자기를 소개하는 대신에 수업 시간에 배울 책을 자신이 직접 썼다고, 자신이 책의 저자라고 말했을 때 우리는 다소 당황했다. 물론 아무도 감히 교사에게 질문하지 못했다. 그러니까 선생님의 성함이 어떻게 됩니까? 다행히 학교 수위 아저씨가 우리를 구해주었다. 수학 교사의 이름은 제르마누였다. 성은 생각나지 않는다.

나는 첫해에 한 과목을 제외한 나머지 전 과목에서 우등생이었다. 오직 합창 과목만 간신히 합격점을 넘겼다. 그래서인지 학교에서 내 명성이 자자했다. 이따금 학년이 높은 선배들이 찾아와 누가 그 사라마구냐고 물어볼 정도였다. 아마도 교사들이 나에 대해 얘기하는 걸 들었을 것이다. (행복한 시절이었다. 그 시절에 아버지는 늘 주머니에 종이 한 장을 들고 다니며 당신 친구들에게 보여주었다. 그 종이에는 타자기로 내 성적이 기록되어 있었다. 그 종이 맨 위에는 대문자로 '우리 챔피언 성적'이라는 제목이 크게 쓰여 있었다.)

그런데 내 명성이 너무 부풀려지기 시작했다. 그 결과 2학년이 막 시작되었을 때 학생회 선거가 열렸는데 재무부장으로 선출되었다. 여러분이 한번 생각해보시라. 12세에 재무 담당이라니.

내 손에 종이 뭉치를 안겨주던 것이 생각난다. 학생회비와 수입 지출 관련 서류들이었다. 세부사항을 파악하는 데 여간 애를 먹은 것이 아니었다. 그것을 알아내고 보니 아무런 쓸모도 없는 것들이었다.

2학년은 순조롭지 않았다. 내 머릿속에서 무슨 일이 생긴 것인지도 모를 일이다. 아마 내 양발이 당시에 걷고 있던 길이 내 길인가 의문을 품기 시작했는지도 모른다. 초등학교에서 축적한 에너지가 바닥났는지도 모른다. 게다가 잊히지 않은 기억이 있다. 우리 아버지가 중등 교육과정 전체를 이수하는 데 들어가는 생활비와 학비를 계산하고 그 이후에 자식에게 어떤 미래가 있는지 가늠하고 있었다.

2학년 성적은 전반적으로 하락했다. 가령 수학을 보면 1사분기 시험에서도 2사분기 시험에서도 모두 합격점 이하였다. 만약 3사분기 시험에서라도 합격점을 넘기는 성적을 얻었다면, 그 덕분에 다음 학년으로 진급하는 시험을 치를 자격을 확보했을 것이다. 그리고 그처럼 자랑할 만한 성적의 급상승은 절망적이고 최종적인 안간힘을 공부에 쏟은 결과였을 것이다. 하지만 그런 일은 벌어지지 않았다.

수학 교사가 우리에게 매기려던 성적을 공개하던 날이었다. 제르마누 선생님은 기발한 아이디어를 하나 생각해냈다. 그는 우리 반 친구 모두에게 질문을 하나 던졌다. 우리 반 친구들이 보기에 내가 낙제점의 성적보다 수학에 관해 더 많이 아는 것 같으냐는 질문이었다. 내 급우 전체는 선생님의 질문에 모두 연대의 마음으로, 만장일치로 대답했다. 네, 선생님, 더 많이 안다고 생각합니다…… 사실은 더 많이 아는 것이 아니었는데도 말이다.

상 비센트 광장에서 캄푸 드 산타클라라로 가는 좁은 길과 나란히 뻗은 비탈길이 있다. 그 길을 따라가면 질 비센트 중학교가 나왔다. 정문으로 들어서면 바로 거대한 담이 보이는데, 그 앞 공간이 휴식 시간이면 모여 놀던 운동장이었다.

나는 그곳을 아주 거대한 곳으로 기억한다(오늘날 그 운동장이 어떤 상태인지는 잘 모른다, 여전히 그대로 있는지조차도 모른다). 1학년부터 7학년까지 전교생이 모두 들어가고도 여전히 공간이 남을 정도로 넓지 않았을까 생각한다.

이미 언급했지만 그곳에서 크게 넘어진 일이 있었다. 그때 왼쪽 무릎이 찢어졌다. 상처 자국이 제법 오래 무릎에 남았다. 사고가 났을 때 나는 학교 양호실로 실려 갔다. 거기 있던 남자 간호사(그곳에는 늘 당직을 서던 남자 간호사가 있었다)가 상처에 '꺾쇠'를 붙여주었다.

이미 앞에서 얘기했지만 여기서는 디테일을 추가해 얘기하고자 한다. 그 꺾쇠는 좁고 가느다란 사각형 금속 조각이었다. 겉보기에는 단순한 봉합용 클립이었다. 양끝이 수직으로 구부러진 것으로, 상처의 양쪽 가장자리에 박는 것이었다. 벌어진 상처를 섬세하게 잡아당겨 최상의 상태로 아물게 해주는 것이었다. 즉 찢어진 피부 조직의 치료 과정을 촉진시켜주는 역할을 하는 물건이었다.

지금도 금속이 살 속에 박히는 걸 지켜보고 있었을 때(그때의 고통도 느낀다, 그렇게 심한 통증은 아니라는 걸 인정해야 하지만)의 느낌이 생생하다. 그 뒤에 무릎에 붕대를 감고 다리를 꼿꼿이 편 채로 다녀야 했다. 양호실에 다시 가서 꺾쇠를 제거했을 때의 기억도 또렷하게 간직하고 있다. 집게로 금속 조각을 조심스레 뽑아냈다. 생살 위로 두 개의 자국이 선명히 남았지만 피는 나지 않았다. 내 몸은 새로운 상처를 위한 준비를 마쳤다.

나는 그 학교의 넓고 긴 복도, 어두운 바닥을 마치 한 장의 사진처럼 선명히 기억한다. 검붉은 타일이 깔려 있는 바닥은 마치 왁스 칠을 한 것처럼 보였다. 그 바닥에 왁스 칠을 하기야 했을까. 온종일 그 많은 부츠와 신발이 밟고 지나가는 곳을 깨끗이 유지하려면 수고스러운 관리가 지속적으로 이뤄져야 했을 테니까 문득 그런 생각이 든 것이다. 왁스 칠을 한 건 아니라는 것이 훨씬 논리적이었지만, 그것이 아니라면 어떻게 했기에 바닥이 반짝반짝 빛이 난 것일까 이해하기가 어려웠다.

학교 벽에는 낙서 하나가 없었고, 복도에는 종이 한 장이나 담배꽁초 한 개 떨어져 있지 않았다. 오늘날 청소년들 사이에는 훼손과 무관심이 널리 퍼져 있지만 당시에는 그렇지 않았다. 시간이 흐르면서 훼손과 무관심의 태도가 마치 질 좋은 교육을 위한 필수 덕목이라도 된 것 같다.

당시에는 '도덕과 시민' 과목을 공부했기 때문인지도 모르겠다. 물론 우리에게 부여된 규율 가운데 기억나는 것이 단 하나도 없지만 말이다. 그때 도덕 과목의 교사는 누구였을까? 기억이 나지 않는다. 사제가 아니었다는 건 분명하다.

질 비센트 중학교에서는 종교 과목을 가르치지 않았고 도덕 과목은 세속주의와 공화주의에 기초한 교육 내용이었다. 하지만 불행히도 내가 또래들 중에서 가장 새빨간 거짓말쟁이가 되는 걸 막지는 못했다. 나조차도 한 번도 본 적 없는 거짓말쟁이가.

그곳에서 보낸 2년 내내 그랬지만, 특히 2학년 때에 더욱 심했다. 아무런 이유도 없이 닥치는 대로 거짓말하고, 여기서도 거짓말하고 저기서도 거짓말했다. 모든 일에 거짓말하고 아무것도 아닌 일에도 거짓말을 일삼았다. 오늘날 사람들이 말하는 식으로 하자면 강박적으로 거짓말을 쏟아냈다.

우리 아버지는 한 번도 정치에 연루된 적이 없는 사람이었다. 국가기관의 일원으로 상관의 지시에 복종하고 명령의 이행을 거부할 수 없이 마땅히 따라야 했지만 말이다. 한번은 어느 친구와 산책하다가 얘기를 하나 지어냈다. 그의 호리호리한 키와 뻐드렁니가 생각난다. 한 번도 바뀐 적이 없던 그의 점심 도시락 메뉴도 생각나는데 프랑스식 토르티야를 넣은 빵 조각*이었다.

교실이 모여 있는 복도로 이어지는 회랑의 위층에서 우리

---

* 포르투갈에서는 오믈렛을 프랑스식 토르티야라고 부른다. 이 음식은 오믈렛 샌드위치이다.

아버지가 작가 안토니우 페후의 책 『살라자르』*를 도서 전시회에서 샀다고 말했다. 그 친구의 이름은 생각나지 않는다. 하지만 그의 침묵과 눈빛은 정확히 기억한다. 당시 그의 가족은 반독재체제 진영에 속해 있었던 것 같다.

다소 용서할 만한 거짓말도 있었다. 한 번도 본 적이 없는 영화 줄거리를 지어내는 일이었다. 우리가 사는 집은 페냐드 프란사 길에 있었고, 내가 다니는 학교는 그라사 길로 이어지는 제네랄 호사다스 대로 위에 있었다. 두 곳 사이에는 영화관이 두 개 있었다. 하나는 살랑 오리엔트 극장이었고, 다른 하나는 로얄 시네 극장이었다.

근방에 사는 친구들과 나는 두 영화관에서 당시의 모든 영화관에서 흔히 볼 수 있는 영화 스틸 사진 전시를 즐겨 보곤 했다. 그렇게 전시되는 이미지는 다 더해봐야 영화당 여덟 개 혹은 열 개에 불과했다. 그 사진들을 보면서 나는 즉석에서 풀 스토리를 만들어냈다. 시작, 중간, 끝이 있는 완전한 이야기였다. 당연히 모라리아 구의 삼류 극장을 드나들던 황금기에 획득한 제7예술에 대한 조숙한 지식, 그 다양한 속임수로부터 많은 도움을 받았다.

---

* 1932년에서 1968년까지 36년간 통치한 포르투갈의 독재자 안토니우 드 올리베이라 살라자르 인터뷰 모음집.

친구들은 다소 부러운 눈빛으로 엄청난 집중력을 발휘하며 내 얘기에 귀를 기울이곤 했다. 몇몇 의심스러운 대목에서는 궁금증을 풀고 싶어서 가끔 질문을 던지기도 했다. 그럴 때면 거짓말 위에다 새로운 거짓말을 더해야 했다. 내가 순전히 지어낸 것인데도 마치 실제로 본 것처럼 거의 믿을 지경이었다.

질 비센트 학교에 다니기 시작했을 때, 우리 가족은 여전히 에로이스 드 키옹가 길에서 살고 있었다. 이 사실을 확신하는 이유가 있다. 내 기억으로 학교에서 수업이 시작되기 며칠 전에, 방바닥에 앉아 프랑스어 책을 읽고 있었기 때문이다. 우리 부모님의 침실이 아닌 다른 방에서였다(그즈음 우리 가족은 사회적 지위의 층계에서 한 계단 상승했다, 그래서 작은 아파트 전체를 임차해 살았다).

그곳에 살고 있었을 때 바라타 형제도 우리와 같은 건물에서 살았다. 그들과는 페르낭 로페스 길에서도 같이 살았는데, 이사 오면서도 같이 왔다. 이사 올 때 바라타 형제는 삼촌 지간의 친척을 한 명 데려왔다. 출신지가 어디인지는 모르겠지만, 나이가 제법 든 사람으로 이름은 에밀리아였다. 바라타 형제 중 손위 형인 주제의 부인과 같은 이름이었다. 게다가 한 달에 한두 번 정도는 바라타 형제의 친척, 조카, 사촌이 방문하기도 했다.

방문객 중에는 사촌 줄리우가 있었다. 그는 눈이 먼 사람이었는데 당시 어느 보호시설에 맡겨진 상태였다. 그는 연회색의 면 제복을 입었고, 수염 없는 말끔한 얼굴을 하고, 숱이 많지 않은 머리카락을 아주 짧게 치고 다녔다. 두 눈은 하양에 가까운 색이었다. 그리고 매일 자위행위를 하는 사람의 분위기를 풍겼다(당시 생각이 아니라 지금의 생각이다).

그와 관련해서 가장 불쾌했던 것은 그가 풍기던 냄새였다. 그에게서는 썩은 내, 차갑게 식어버린 우울한 음식 냄새, 잘못 빤 옷 냄새가 났다. 그때의 느낌은 내 기억 속에서 언제나 '눈멂'과 관련되어 떠올랐고, 『눈먼 자들의 도시』에서 재현되었을 것이다.

그는 나를 보면 아주 세게 포옹했다. 하지만 나는 그런 식의 포옹을 좋아하지 않았다. 다만 그가 무엇인가를 쓰려고 준비하는 걸 볼 때면 늘 그 사람 곁에 앉으려고 했다. 그는 쇠로 된 두 개의 쟁반 사이에 직접 가져온 두꺼운 종이 한 장을 올려놓았다. 그런 다음에 아무런 망설임도 없이 아주 빠른 속도로 세상에서 가장 완벽한 시력을 가진 사람처럼 뾰족한 도구를 들고 종이를 찔러댔다. 아마도 줄리우는 그런 글쓰기가 실명(失明)이라는 불치의 어둠 곳곳에 별빛을 숭숭 만드는 방식이라고 생각한 것은 아닐까 상상해본다.

당시에는 오늘날의 주현절* 같은 것은 아직 없었다(그때도 있었는데 내가 기억하지 못하는 것일 수도 있다). 소와 당나귀와 기타 물건들로 외양간과 구유를 꾸미는 전통도 없었다. 최소한 우리 집에는 없었다.

밤이 되면 석유난로 옆의 벽난로에 신발 한 짝을 놓아두었고, 이튿날에는 아기 예수가 놓고 간 것을 보러 갔다. 그랬다. 그 시절에 아기 예수는 벽난로를 타고 내려왔다. 배꼽을 드러내고 밀짚 위에 드러누워 목자들이 우유와 치즈를 가져다주기를 기다리지 않았다. 그래도 우유와 치즈는 생존을 위해 필요한 물건이기라도 하다. 동방박사 3인의 황금, 유황, 몰약은 우리가 잘 알고 있듯이 쓴맛만 느끼게 할 뿐이다.

그 시절의 아기 예수는 여전히 일을 하는 예수였다. 사회에 도움이 되려고 애를 쓰는 예수였다. 그도 우리처럼 프롤레타리아였다.

하지만 나이 어린 우리는 우리 나름의 의문을 갖고 있었다. 아기 예수가 금방 달라붙는 그을음으로 뒤덮은 벽난로 내부를 오르락내리락하면서 새하얀 옷을 더럽힐 용의가 있다는 것이 믿기지 않았다. 아마도 우리가 이 같은 건강한 회의주의를 슬쩍 흘린 적이 있었는지 모른다. 어느 크리스마

---

* 동방박사 3인이 아기 예수를 방문한 것을 기념하는 날.

스 전야에 집안 어른들이 초자연적인 일이 정말로 존재할 뿐만 아니라 우리 집에서도 벌어진다는 걸 우리에게 납득시키려고 노력했다. 아마도 어른 두 명이었던 것 같다. 분명히 우리 아버지와 안토니우 바라타가 복도로 나가서 한쪽 끝에서 다른 쪽 끝까지 장난감 차를 굴리기 시작했을 것이다. 그러면 우리와 부엌에 같이 있던 다른 어른들이 말을 해주는 것이었다. 들리지? 다들 듣고 있지? 바로 천사들이야.

나는 그 복도를 매우 잘 안다. 그곳에서 태어나기라도 한 것처럼 속속들이 안다. 그곳에는 천사의 존재를 느낄 만한 그 어떤 흔적도 없었다. 한번은 벽 한쪽에 양손을 붙이고 다른 벽에다가 양발을 걸치고 머리로 천장을 건드릴 때까지 벽을 기어오른 적도 있었다. 그 높은 곳까지 올라갔지만 대천사는커녕 천사의 뒷모습조차 보지 못했다. 시간이 흐른 뒤에 청소년이 되었을 때 다시 벽 타는 재주를 재현해보려고 했지만 더 이상 오를 수 없었다. 다리가 쑥쑥 자라버렸고, 발목과 무릎 관절은 오히려 유연성을 잃었다. 결국 나이의 무게 때문에…….

또 다른 기억은 에밀리아가 일으킨 소란과 관련된 것이다(이미 내가 『서도와 회화 안내서』에서 담은 기억이다). 앞에서 말했듯이 그녀는 나이가 제법 든 사람이었다. 손쓰기 어려운 흰 머리카락은 목덜미 뒤로 넘겨 리본 장식으로 묶고 다

넜다. 그녀는 덩치가 좋았고 꼿꼿한 자세로 걸었다. 불그스름한 얼굴색을 타고났는데 과도한 음주 때문에 더 붉게 보였다. 그녀는 내게 늘 몸치장을 과하게 한다는 인상을 심어주었다.

겨울이 되면 그녀는 술집 앞에서 구운 밤을 팔았다. 모라이스 소아르스 길과 에로이스 드 키웅가 길이 만나는 모퉁이에서 조금 아래쪽이었다. 그녀는 다리가 접히는 탁자 위에다가 당시 즐겨 먹던 주전부리, 캐러멜, 꿀 바른 아몬드 바, 꿀을 바르지 않은 아몬드 알갱이, 그리고 우리가 목걸이라고 불렀던 끈으로 묶어놓은 잣 등을 팔았다.

그녀는 이따금 선을 넘어 와인을 과음했고 만취했다. 어느 날 그 집 여자들이 에밀리아가 자기 방의 바닥에 뻗어 있는 걸 발견했다. 다리를 벌리고 치마를 올린 채로 무슨 노래인지는 모르지만 흥얼거리면서. 그 자세로 자위를 하고 있었다. 호기심이 발동한 나도 그 장면을 보았다. 하지만 여자들이 인간 띠를 만드는 바람에 핵심 부위를 감지하기는 어려웠다…… 아마 아홉 살 무렵이었을 것이다. 그 이상은 아니었다. 그날의 기억은 내 기초 성교육의 도입부에 속한다.

세 번째 이야기는 별로 교훈적이지 않다. 가정에서 상수도 회사를 속이는 수법에 관한 이야기이다. 눈에 보이는 상수관의 일부 구간에 날카로운 바늘로 가는 구멍을 낸다. 구멍 지점을 천으로 묶고 천의 한 귀를 물이 담길 용기 안으로 향한다. 그렇게 해두면 천천히 한 방울 두 방울 천을 타고 흘러 내려온 물로 용기가 가득 찬다. 이 물은 계량기를 지나지 않기 때문에 우리 가족의 소비량으로 잡히지 않았다.

물 옮기기가 끝나면, 그러니까 용기가 물로 가득 차면 우리가 낸 작은 구멍 위로 칼날이 쓰윽 지나가게 했다. 그러면 상수관 재료인 납의 특성 때문에 구멍이 닫혔고 우리의 범죄는 은폐되었다. 이런 식의 수법으로 언제까지 물을 받아 쓴 것인지는 모르겠다. 하지만 너무 많이 구멍을 만들게 되면, 상수관이 더 이상 부정의 공범이 되길 거부하는 일이 생겼다. 오래전의 것이든 최근의 것이든 모든 구멍에서 일제히 물이 새어나오는 일이 발생했다.

그럴 때면 긴급히 '상수도 회사 사람'을 호출해야 했다. 그런 일이 벌어진 어느 날이었다. 직원이 도착해 꼼꼼히 살펴보고 문제가 된 상수관 일부를 잘라냈다. 전혀 새롭지 않은 수법에 대해 이미 알고 있다는 티를 전혀 내지 않은 채 상수관 속을 들여다보며 말했다. 그렇군요. 관이 썩었군요. 그는 그 구간을 새로운 관으로 교체하고 용접을 마친 뒤에 떠났다.

그는 훌륭한 사람이었다. 회사에 부정 사실을 통보해 우리를 괴롭히지 않았으니. 내 기억으로는 세 명의 가장, 아버지와 바라타 형제 모두 집에 없었다. 다행이었다. 두 명의 가장이 경찰이고, 그중 한 명이 수사관인데, 어떻게 감히 그와 같은 불법 행위가 버젓이 벌어졌는지를 설명하기는 쉽지 않았을 것이다.

진지하게 고려해야 할 다른 가능성도 있었다. 상수도 회사 직원이 우리 아버지나 바라타 형제 중 한 명과 미리 얘기를 주고받아 이미 모든 것을 알고 있을 가능성도 있다. 아마도 그랬을 확률이 크다.

에로이스 드 키옹가 시절과 관련해서 좀 더 얘기하고 싶은 것이 있다. 서로 연관이 없는 자잘한 기억들이다.

방바닥에서 잘 때면 내 몸 위로 지나가던 바퀴벌레들이 떠오른다. 엄마와 내가 어떻게 수프를 먹었는지도 생각난다. 한 접시에 수프를 담은 뒤에 접시 양쪽에 각각 앉아 엄마 한 숟갈, 나 한 숟갈씩 수프를 먹었다.

폭우가 쏟아지던 날 아침에 학교에 가지 않겠다는 결심을 말했다가 어머니에게 꾸지람을 듣기도 했다. 아팠다거나, 혹은 그 정도의 강력한 이유가 있으면 몰랐을까. 그렇지도 않은 상태에서 수업을 빠지겠다고 감히 말했다는 것에는 지금의 나조차도 여전히 놀란다.

비가 내릴 때면 집 뒤편 베란다 유리창 아래로 계속 미끄러지던 빗물의 기다란 실들이 떠오른다. 당시 나는 유리의 결함까지 더해져 유리 너머의 풍경이 왜곡되어 보이던 것을 좋아했다.

빵집에서 사 먹던 롤빵도 생각난다. 여전히 따뜻하고 좋은 냄새가 나던 그 빵을 우리는 세트 이 메이우스(sete e meios) 즉 '7.5'라고 불렀다. 비아니냐스 빵도 생각난다. 질 좋은 반죽으로 만든 가장 비싼 빵이었다. 그 빵을 게걸스러운 만족감으로 먹을 수 있는 경우는 매우 드물었다……. 그때부터 지금까지 늘 빵을 좋아했다.

앞에서 얘기한 것과 달리 바라타 가족이 내 인생에 들어온 것은 카발레이루스 길에서 페르낭 로페스 길로 이사했을 때가 아니었다. 내가 잃어버렸다고 생각했는데 운 좋게 눈앞에 나타난 서류 몇 가지 덕분에 새로운 사실을 알게 되었다. 사실 전혀 기대하지 않았던 일이었다. 다른 문서를 찾다가 우연히 발견하게 되었으니까.

기억이 더듬이를 잃고 헤매다가 기억의 파편들을 하나둘씩 그러모아 새롭게 짜 맞출 수 있게 되었다. 그러자 그때까지 의심과 미결정이 지배하던 곳을 확신과 진실로 대체할 수 있게 되었다.

여기에 우리 가족의 잦은 이사에 대한 정확하고 결정적

인 이력을 명기해둔다. 아지냐가를 떠나 처음 정착한 곳이 리스본에 위치한 피셀레이라 구의 킨타 두 페르나 드 파우로 알려진 곳이었으니 여기서 시작한다. 그 뒤에 알투 두 피나에 있는 E 길(나중에 그곳은 루이스 몬테이루 길로 바뀌었다)로 이사를 했다. 거기서 사비누 드 소자 길, 그 뒤에는 카힐류 비데이라(이곳에서 처음으로 바라타 가족이 등장한다), 후아 두스 카발레이루스 길(여기서는 바라타 가족 없이 살았다), 페르낭 로페스 길(다시 바라타 가족과 함께 살았다), 에로이스 드 키옹가(여전히 바라타 가족과 살았다), 카힐류 비데이라 길의 같은 집(계속 바라타 가족과 함께 살았다), 그리고 파드레 세나 프레이타스(여기서는 안토니우 바라타와 그의 부인 콘세이상과 함께 살았다), 마침내 카를루스 히베이루 길(드디어 내가 독립하게 된다).

10년이 조금 넘는 시간 동안 열 개의 집을 옮겨 다녔다. 내 생각에 월세를 내기 힘들어 이사가 잦았던 건 아니었다. 방금 보았듯이 내가 카힐류 비데이라 길에서 두 번 살았다고 썼을 때 내가 착각하지 않았던 것이 분명하다.

하지만 심각한 혼동도 있었다. 성생리학과 호르몬 발달과 관련된 기초사항 몇 가지를 숙고하지 않아서 도미틸리아와의 일화가 벌어진 때를 열한 살 무렵이었다고 잘못 기록했다. 전혀 그렇지 않았다. 실제 내 나이는 여섯 살 무렵이었고, 그녀는 여덟 살 무렵이었다.

만약 내가 열한 살이고, 그녀가 열세 살이었다면 이미 몸이 다 자란 상태였을 것이다. 그랬다면 사태는 더욱 심각했을 것이고 범죄에 대한 처벌도 엉덩이에 회초리 두 대로 한정될 수 없었을 것이다. 의문은 풀렸다. 잘못의 무게감으로부터 양심이 안도감을 느끼게 되었으니 계속 이야기를 해나갈 수 있겠다.

그 시절에는 이삿짐 용달차를 빌릴 형편이 되지 않은 사람들은 짐꾼을 고용했다. 짐꾼의 도구는 막대기, 줄, 어깨 위에 짐을 얹을 때 깔던 보호대가 전부였다. 그리고 참을성, 엄청난 참을성. 하지만 자질구레한 물건들은 짐꾼이 날라주지 않았다.

그래서 어머니는 그 시절 내내 옛집과 새집 사이의 수 킬로미터를 직접 왕복해야 했다(이것은 내 상상이 아니다. 내 눈으로 직접 보았다). 머리 위에 광주리와 꾸러미를 이거나, 더 편하다고 생각할 때는 등에 물건을 지고 옮겼다.

아마 그런 이삿날 중 하루였던 것 같다. 짐을 이고 지고 가던 어머니에게 자신의 과거 기억이 하나 떠올랐다. 처녀적 어머니가 물을 길러 마을 분수에 갔다가 아버지가 사귀자고 한 말을 들은 뒤에 마음이 온통 어수선하고 요동치던 일이 있었다. 그날 물 항아리를 이고 집으로 들어가는데 몸을 숙여야 한다는 것도 그만 잊고 말았다. 정신이 온통 딴 데 팔린 것이었다. 항아리와 상인방이 부딪치는 순간에 모든 것이 바닥으로 떨어졌다. 항아리 파편, 흩어진 물, 할머니의 야단, 아마도 사건의 원인을 알았다면 웃음. 내 인생도 바로 거기서 시작되었다고 말할 수 있다. 부서진 물 항아리와 함께.

어머니와 두 아들은 1924년 봄에 리스본에 도착했다. 그해 12월에 형 프란시스쿠가 사망했다. 폐렴이 그를 데려갔을 때 나이는 네 살이었다. 그는 성탄절 전야에 묻혔다.

엄밀히 말해서 '틀린 기억'이라는 것은 없다고 생각한다. 틀린 기억과 맞는 기억, 그러니까 우리가 분명하고 확실한 것이라 간주하는 기억의 차이는 단순히 신뢰의 문제라고 할 수 있다. 그리고 신뢰라는 건 실은 우리가 매번 맞닥뜨리는 교정할 수 없는 모호성을 확실성이라고 불러주는 것에 불과하다.

내가 프란시스쿠와 관련해 간직하고 있는 유일한 기억은 틀린 기억일까? 그럴지 모른다. 그러나 그것을 83년 동안 진짜로 믿으며 간직해왔다…….

우리 가족은 알투 두 피나의 E 길에서는 지하 방에서 살았다. 그 지하 방에는 옷장이 하나 있었다. 그 위 벽에는 가로로 좁고 길게 외부 빛이 들어오는 곳이 있었다. 정식 창문이라기보다는 채광을 위한 뙤창문에 가까웠다. 거리의 도로면과 닿는 곳에 나 있었다(나는 거리를 오가는 사람들의 다리를 보았는데, 아마도 커튼 틈으로 본 것 같다).

아마 프란시스쿠가 죽은 해의 여름이나 가을이었을 것이다. 옷장 아래에 있는 서랍 두 개가 열려 있었다. 위 서랍보다 아래 서랍을 밖으로 더 많이 당겨놓으니 일종의 계단이 만들어졌다. 그때 프란시스쿠는 쾌활하고 튼튼하고 완벽한 피조물이었다. 사진을 보면 옷장 위의 저 높은 곳까지 도달하기 위해 몸이 자라고 팔이 길어질 때까지 기다릴 참을성이 전혀 없어 보였다(원한다면 누구든 볼 수 있는 당시의 사진이 있다). 이것이 내 기억의 전부이다.

그때 어머니가 프란시스쿠의 등반가적 야심의 싹을 잘라버리기 위해 방 안에 나타났는지는 모른다. 어머니가 집에 있었는지, 집 근방에 있는 건물의 계단을 청소하러 나갔는지 모른다. 내가 이미 충분히 자라서 집안 돌아가는 형편을 이해하게 되었을 때도 어머니가 생계 때문에 그 일을 했으니, 리스본에 막 도착해서 살림이 더 곤궁했을 때 그런 일을 했을 가능성은 더욱 클 것이다.

당시 프란시스쿠의 동생이었던 내가 대담한 등반가 형이 추락하지 않도록 보호할 수 있는 일은 아무것도 없었다. 그런 일이 벌어졌다면 말이다. 나는 방바닥에 앉아 입에 무언가를 넣고 빨고 있었을 것이다. 그때 막 생후 18개월을 지났으니, 자신이 하고 있는 일이 무엇인지 상상조차 못 한 채로, 자기가 보고 있는 것을 작은 뇌 어느 구석에 기록하느라 분주했을 것이다. 훗날 인생을 다 살고 나서 존경하는 독자들에게 그때 일을 얘기하려고 말이다. 이것이 내가 갖고 있는 가장 오래된 기억이다. 그리고 아마도 틀린 기억이리라…….

하지만 지금 내게 떠오른 기억은 틀린 기억이 아니다. 그 기억과 함께 다시금 느끼게 되는 고통과 눈물은 폭력적이고 흉포한 진실의 증거가 될 수 있을 것이다. 프란시스쿠는 이미 죽었고 내가 두 살이나 세 살쯤 먹었을 때였다.

집에서 조금 떨어진 곳(그때 우리 가족은 여전히 E 길에서 살고 있었다)에 공사가 중단된 석회암 언덕이 있었다. 이미 성장한 서너 명의 소년들이 나를 강제로 그곳까지 끌고 갔다(내 약한 저항력은 아무런 소용이 없었다). 거기서 나를 밀치고 땅바닥에 내동댕이치고 바지와 속옷을 벗겼다. 몇몇이 내 팔과 다리를 붙잡고 있는 동안 한 녀석이 내 요도에 철사를 집어넣기 시작했다. 나는 소리쳤고, 절망감에 빠져 허우적댔고, 할 수 있는 한 마구잡이로 발길질을 해댔다. 그렇지만 잔인한 행동은 계속되었다.

철사 줄은 깊숙이 박혔다. 아마도 박해받은 내 작은 성기에서 흘러나오기 시작한 흥건한 피가 나를 최악의 상황에서 구원해준 것 같다. 그 녀석들이 깜짝 놀랐을 수도 있고 이미 충분히 즐겼다고 단순히 생각했을 수도 있다. 여하튼 모두 도망쳤다. 거기에 나를 구해줄 사람은 아무도 없었다.

나는 울면서 피가 아래로 흐르는 다리를 질질 끌고 집에 겨우 도착했다. 석회암 언덕에 옷가지를 다 버려두고 말이다. 어머니는 이미 나를 찾아 거리로 나온 상태였다(왜 나 혼자 거리에 있었는지 기억나지 않는다). 어머니가 비참한 상태의 나를 봤을 때는 고함을 질렀다. 아! 불쌍한 아들아! 도대체 누가 이런 짓을 벌였니? 하지만 우리의 눈물도 고함도 별 소용이 없었다. 죄지은 녀석들은 이미 멀리 달아나고 없었다. 아마 우리 동네 녀석들도 아니었을 것이다. 천만다행히 내상은 깨끗이 완치되었다. 원래 땅바닥에서 주운 철사는 파상풍을 일으키는 가장 확실한 원인이기 때문이다.

그렇듯 프란시스쿠의 죽음 이후에도 불행이란 놈은 우리 집 문밖을 나가려고 하지 않은 것처럼 보였다. 우리 부모님의 걱정을 충분히 짐작해볼 수 있다. 내가 좀 더 나이를 먹고 다섯 살가량 되었을 때에 목이 크게 아파 형이 생을 마친 병원에 데려가야 했던 적이 있었다. 그때 부모님의 심정은 어땠을까. 나중에 내가 앓은 이유는 단순히 후두염과 축 농증 때문이었다는 것이 밝혀졌다. 일주일이면 치료할 수 있는 병이었고, 실제로는 그 기간 내에 완쾌되었다.

아마 누군가 내게 물을지도 모르겠다. 세월이 그렇게 많이 흘렀는데도 어떻게 이 세세한 사항들을 다 알고 있느냐고. 말하자면 길지만 간략하게 요약하자면 이렇다. 수 년 전에 소년기의 기억과 경험에 관해 글을 써야겠다고 결심했을 때 프란시스쿠 형의 죽음(그의 삶이 매우 짧았기 때문이다)에 대해 얘기해야겠다고 생각했다.

우리 형은 카마라 페스타나 세균 연구소에서 어머니의 용어로 말하자면 후두디프테리아 혹은 크루프로 죽었다고 부모가 늘 말해왔다. 하지만 우리 가족이 내게 사망일까지 일러주었는지는 기억나지 않았다. 나는 곧 조사에 착수했다.

먼저 카마라 페스타나 세균 연구소에 편지를 보냈다. 거기서 내게 친절하게 답장을 보내주었다. 프란시스쿠 소자라는 이름의 4세 소년은 입원한 적이 없다는 것이었다. 그 대신에 혹시 느낄지도 모를 실망감에 보상이라도 해주려는 듯이 내가 그 병원에 1928년 4월 4일에 입원한 기록의 사본을 보내주었다(같은 달 11일에 퇴원했다). 기록에 따르면 나는 주제 소자라는 이름으로 입원했다. 내 이름을 두 번이나 줄인 것이었다. 사라마구의 자취도 보이지 않았고, 그것으로도 부족했는지 주제와 소자 사이에 있는 드(de)도 사라졌다. 바로 그 서류 덕분에 후두염과 축농증으로 그곳에 입원했을 때 내 체온이 몇 도였는지 알 수 있었다……

그리고 아주 뚜렷하게 떠오르는 기억이 있다. 부모님이 문병을 온 어느 날이었을 것이다. 당시 나는 격리병동이라는 곳에 있어서 유리문으로만 서로를 볼 수 있었다. 그때 내 병상 위에 장난감이 있었던 것도 기억난다. 점토로 만든 풍로였다. 바나나 껍질로 부채질을 하면서 존재하지도 않는 불꽃을 살리느라 애를 썼다. 집에서 어머니가 하는 동작을 그대로 따라 한 것이었다. 당시에는 그것이 내가 삶에 관해 아는 전부였다.

형 이야기로 돌아가보자. 당연히 내가 가장 먼저 한 일, 순서상 가장 먼저 착수한 것은 골레강 주민등록관리사무소, 본래 우리 마을 출신자들의 일을 도맡아 처리하는 행정기관에 요청서를 보내는 것이었다.

그곳에 공문을 보내 아지냐가에서 출생한 주제 드 소자와 마리아 다 피에다드의 아들 프란시스쿠 드 소자의 출생증명서를 보내달라고 요청했다. 그 서류에 출생 기록과 함께 프란시스쿠의 사망 기록도 들어 있으리라 생각했기 때문이었다. 그러나 거기에도 기록되어 있지 않았다. 공식 기록만 놓고 보면 프란시스쿠는 사망하지 않았다.

　이미 카마라 페스타나 세균 연구소가 엄격한 기록 관리에 근거해 프란시스쿠가 그곳에 입원한 적이 없다는 걸 알렸을 때 충분히 놀랐다. 그가 그곳에 입원한 적이 있다고 확신할 만한 증언을 들었는데도 그곳에 기록이 없다고 하고, 이제는 골레강의 주민등록관리사무소마저 내 형이 살아 있다고 암시하다니.

　이제 남은 해결책은 한 가지뿐이었다. 리스본 공동묘지의 방대한 기록을 조사하는 것이었다. 몇몇 사람들이 나를 위해 기꺼이 이 일에 나서주었다. 그 사람들에게 늘 고마운 마음을 갖고 있다.

　프란시스쿠는 12월 22일 오후 4시에 사망했고 24일 거의 비슷한 시간에 벤피카 공동묘지에 묻혔다(그해 성탄절은 우리 부모님에게 매우 우울한 날이었을 것이다). 하지만 프란시스쿠의 이야기는 여기서 끝나지 않는다. 내가 1966년에 주민등록과 관련해서 발생하는 일에 그토록 몰두하지 않았다면, 소설 『이름 없는 자들의 도시』는 지금 우리가 볼 수 있는 것과 매우 달라졌을지도 모를 일이다.

　그의 이름은 프란시스쿠 카헤이라였다. 직업은 구두장이였다. 그가 일하는 곳은 창문도 없는 어둡고 작은 방이었다.

문은 하나 있었지만 오직 아이들만이 고개를 숙이지 않고 드나들 수 있었다. 문의 높이가 1미터 50센티미터를 조금 넘겼을 정도였으니까.

나는 늘 긴 의자 너머로 등받이도 팔걸이도 없는 의자에 그가 앉아 있는 걸 보았다. 긴 의자 위에는 구두 만드는 도구들과 묵은 먼지들이 쌓여 있었다. 폐기물들, 가령 흰 바늘들, 오려진 구두 밑창, 두껍고 끝이 뭉툭한 바늘, 쓸모가 없어진 펜치 등도 아무렇게나 쌓여 있었다. 그 긴 의자 너머에서 불쑥 솟아오른 것처럼 그는 앉아 있었다.

병들고 조로한 사내였고 척추가 휜 사람이었다. 남은 힘은 모조리 어깨와 팔에 몰려 있었는데 그 부위만 지렛대처럼 매우 튼튼했다. 그 힘으로 구두 밑창을 무두질하고, 실에 왁스 칠을 하고, 몇몇 중요한 지점을 두드려 타출하고, 한 번도 실수하지 않고 탁탁 두 번 두들겨 못들을 박았다.

내가 뾰족한 펀치로 가죽 조각에 구멍을 내거나, 타닌산으로 수축된 질감을 내려고 가죽 밑창을 담가놓은 물을 가지고 장난치고 있으면 그는 자신의 청년기 얘기를 해주곤 했다. 종잡을 수 없는 정치적 열망, 은밀한 통보처럼 그에게 전달된 총 한 자루, 메신저에 따르면 대의를 배반한 자에게 전달하라 했다는 그 총 한 자루…….

그 얘기를 풀어놓은 뒤에는 내게 질문을 던졌다. 공부는 어찌 되어가느냐, 리스본에서 벌어지고 있는 일과 관련해 새로운 소식이 있느냐 등등. 그럴 때면 그의 호기심을 채워주려고 할 수 있는 한 최선을 다해 이야기를 늘어놓곤 했다.

어느 날 매우 근심하는 낯빛으로 맞았다. 송곳으로 듬성듬성한 머리를 빗고 실을 잡아당기던 팔 동작을 멈추었다. 이 두 가지 행동은 내가 잘 아는 신호였다. 아주 중요한 질문을 예고하는 것이었다. 뒤이어 프란시스쿠 카헤이라는 기형인 몸을 뒤로 젖히고 안경을 이마 위로 올린 후 정확히 나를 정조준해 질문했다. 너는 세계의 다양성을 믿니?

그는 퐁트넬*을 읽었다. 하지만 나는 읽지 않았다. 그 사람의 주장에 대해 다른 사람에게서 우연히 얻어 들은 것이 전부였다. 나는 천체 운동에 대해 중얼거렸고, 아무렇게나 코페르니쿠스의 이름도 언급했다. 거기까지 이야기는 이어졌다. 어쨌든 나는 기본적으로 세계의 다양성을 믿는다. 하지만 가장 중요한 것은 다른 세계에 누가 존재하는지를 아는 것이다. 내 설명이 끝났다.

그는 만족했다. 그게 아니라면 만족하는 것처럼 보였다. 그때 나는 안도의 한숨을 쉬었다. 수 년이 흐른 뒤에 그에

---

* Bernard Le Bovier de Fontenelle, 1657~1757, 프랑스의 백과전서파에 속하는 계몽사상가.

대해 2페이지 분량의 글을 한 편 썼다. 그 글에 붙인 제목은 로르카에게서 분명히 영감을 받은 것으로 '경이로운 구두장이'였다. 이 단어가 아니라면 도대체 어떤 단어를 쓸 수 있었을까. 1930년대에 퐁트넬을 얘기하는 우리 마을의 구두장이에 대해……

앞에서 돼지를 팔려고 시장에 갔던 이야기를 한 적이 있다. 그런데 아직 못다 한 이야기가 좀 있다. 그해 아지냐가 마을에서 새끼 돼지가 잘 팔리지 않았다. 외할아버지는 판매가 줄어들자 남은 새끼 돼지를 산타렝 시장에 몰고 가서 파는 것이 좋겠다고 판단했다.

할아버지는 내게 마누엘 외삼촌의 조수로 갔다 오겠느냐고 물었다. 나는 두 번 생각도 하지 않고 답했다. 네, 그럴게요. 오래 걷는 여행이라 부츠에 약도 발랐다(맨발로 하는 여행이 아니었으니까). 그리고 헛간에 가서 내 키에 가장 잘 맞는 나무 막대기도 하나 골랐다.

그날 오후 반나절 무렵 우리는 출발했다. 뒤에서 삼촌은 새끼 한 마리도 길을 잃지 않도록 살피는 일을 맡았다. 앞에서 나는 암퇘지를 두 발목에 묶은 채로 걸었다. 이 암퇘지가 새끼 돼지들을 흩어지지 않게 해주는 역할을 하고 있었다. 몇몇에게는 진짜 어미였고 다른 새끼 돼지들에게는 이

번 여행 동안에만 임시 어미 노릇을 했지만.

이따금 삼촌과 나는 교대를 했다. 그럴 때면 좀 전까지 삼촌이 그랬듯이 세상에서 가장 시끄러운 동물의 다리들이 길 위에서 일으키는 먼지를 삼킬 수밖에 없었다.

우리가 킨타 다 크루스 다 레구아에 도착했을 때는 저물녘이었다. 그곳은 우리가 하룻밤 묵기로 미리 정해둔 곳이었다. 우리는 돼지들을 너른 헛간에 몰아넣고, 농장 창문으로 새어나오는 불빛 아래 그냥 선 채로 가방에서 꺼낸 음식을 먹었다. 우리가 농장으로 들어가기를 원하지 않았거나 농장 관리인이 우리를 초청하지 않았거나 둘 중 하나일 것이다. 물론 더 가능성이 높아 보이는 것은 후자이지만……

우리가 저녁을 먹고 있을 때 한 청년이 다가와서는 말들과 같이 잘 수 있다고 전하며 담요 두 개를 주고 돌아갔다. 마구간의 문은 닫히지도 않았다. 하지만 그게 차라리 편했다. 새벽에 길을 나서야 했기 때문이었다. 시장이 열릴 무렵에 산타렘에 도착하려면 새벽의 서광이 비치기 전에 출발해야 하니까.

우리 침대는 마구간 안쪽 벽에 길게 가로로 놓인 구유의 한쪽 끝이었다. 우리는 말들이 울부짖고 돌바닥에 발길질을 하고 있던 마구간 안으로 들어갔다. 나는 말구유 위로 올라갔고 신선한 짚더미 위로 쓰러졌다. 마치 요람 속으로 들어간 기분이었다. 담요를 둥글게 만 뒤에 동물 냄새가 강하게 밴 공기를 호흡했다. 밤새 동물들은 불안해 보였다. 언뜻언뜻 잠에서 깼을 때마다 동물들이 그렇게 느껴졌다.

나는 극도의 피로감을 느꼈다. 그때까지 살아오면서 그렇게 다리와 발이 많은 먼지를 일으킨 건 처음이었다. 밤은 뜨겁고 짙었다. 그리고 말들은 갈기를 세차게 흔들어댔다. 삼촌은 마치 바위처럼 깊은 잠에 곧장 빠져들었는데, 삼촌의 머리가 내 발에 닿을락 말락 하는 자세였다.

나는 이제 막 들어간 것만 같은, 깊은 잠에서 깨어났다. 여전히 새벽이었다. 삼촌이 나를 불렀다. 일어나렴, 제야, 이제 떠나야 한단다. 나는 구유 속에 앉아 예상하지 못한 불빛에 부신 눈을 비비며 잠을 쫓은 뒤에 말구유에서 뛰어내려 바닥에 섰다. 우리는 밖으로 나섰다. 내 앞에는 둥글고 거대한 달이 휘영청 떠 있었다. 달빛이 온전히 비치는 곳은 가장 찬란하게 빛나는 반면에 그림자들 속에는 가장 짙은 어둠이 웅크리고 있었다. 다시는 그런 달빛을 보지 못했다.

우리는 돼지를 찾은 뒤에 아주 조심스럽게 계곡으로 내려갔다. 키 큰 덤불, 가시장미, 벼랑이 어디에서 나타날지 몰랐다. 일찍 일어나 정신이 몽롱한 새끼 돼지들이 쉽게 흩어질 수 있고 길을 잃을 수도 있었다.

계곡의 가장 깊은 곳에 당도했을 때는 오히려 모든 것이

수월했다. 우리는 포도송이들이 영근 밭을 따라 걸어갔다. 그 길도 먼지로 뒤덮여 있었다. 하지만 밤의 신선한 공기가 먼지를 진정시켜놓은 터라 걷기가 아주 편했다.

나는 포도 그루터기 속으로 뛰어 들어가 포도송이 두 개를 꺾고 나서 주변을 살핀 뒤에 작업복 속에 숨겼다. 포도밭을 감시하는 사람이 나타날지 모르니까. 그리고 다시 가던 길로 돌아와 한 송이를 삼촌에게 건넸다. 우리는 걸으면서 달고 시원한 포도를 먹었다. 수정처럼 단단한 포도알이었다.

해가 뜨기 시작할 무렵에 우리는 산타렝으로 오르는 길에 접어들었다. 오전 내내 시장에 있었고, 오후 초반에도 시장에 머물렀다. 돼지 전체를 팔지는 못했지만 판매 실적은 나쁘지 않았다.

마누엘 삼촌은 귀가하는 길을 바꿔보자고 제안했다. 테주 강의 한쪽 강변을 따라 쭉 늘어서 있는 야트막한 언덕들을 따라가자고 말했다. 왜 그랬는지 이제 그 이유는 생각나지 않는다. 삼촌이 내게 그 이유를 알려주었는지도 모르겠다. 하지만 삼촌의 축복 같은 변덕 덕분에 나는 처음으로 로마인의 길을 걸을 수 있었다.

비가 내리고 있었다. 바람은 잎이 다 떨어진 나무들을 흔들어대고 있었다. 과거로부터 하나의 이미지가 다가온다. 키크고 마른 노인의 이미지이다. 그는 강물의 범람 때문에 물이 가득한 길 위를 걸어오고 있다.

지금은 훨씬 더 가까운 곳에서 다가온다. 어깨에 지팡이를 메고 온다. 진흙이 잔뜩 묻은 낡은 외투를 입었다. 하늘에서 쏟아진 물이란 물은 모두 외투를 타고 미끄러지고 있다. 그 앞에 돼지들이 먼저 오고 있다. 머리를 숙이고 코를 땅에 박고서.

그렇게 점점 다가오는 사람, 빗줄기 속에서 흐릿하게 다가오는 사람은 바로 우리 할아버지이다. 지친 몸을 이끌고 온다. 노인은 궁핍과 무지의 인생, 고단한 70년 인생을 손수끌고 온다. 하지만 그는 현명하고 과묵한 사람이다. 꼭 필요할 때만 입을 여는 사람이다. 그의 얼굴에 뭔가 알리고 싶다는 기미가 보이면 그의 목소리에 귀를 기울이기 위해 모두침묵을 지켜야 할 정도로 말수가 적은 사람이다.

그에게는 먼 곳을 응시하는 특이한 방법이 있다. 눈앞에놓인 벽도 멀리 있는 것처럼 응시한다. 얼굴은 손도끼로 조각해놓은 것만 같고, 단호하면서도 풍부한 표정을 보여준다. 눈은 작지만 날카롭다. 이따금 골똘히 생각하던 것을 드디어 파악했을 때는 두 눈이 반짝거린다.

그는 이 지상, 이 세계에서 살아가는 다른 사람들과 다를 바 없는 사람이다. 아마 그는 불가능성의 산 밑에 깔려서 으깨진 아인슈타인 같은 사람일지도 모른다. 그는 한 명의 철학자, 일자무식의 대작가와 같은 사람인지도 모른다. 그가 결코 될 수 없을 것 같은 사람이었는지 모른다.

나는 그 여름의 온화한 밤들이 생각난다. 커다란 무화과나무 아래서 같이 잠을 잤을 때, 그가 살아온 인생에 대한 이야기를 들었다. 우리 머리 위에서 찬란히 빛나던 산티아고의 길*에 대해, 그가 기르던 가축에 대해, 그가 자신의 아득한 유년기에 들었던 이야기와 전설에 대해 들었다. 우리는 새벽 추위로부터 몸을 보호하려고 담요를 돌돌 말아 덮고 밤이 이슥해져서야 잠이 들곤 했다.

하지만 이 애틋한 추억의 순간에도 나를 떠나지 않는 이미지는 빗줄기 속에서 집요하고도 과묵하게 전진해가는 노인의 이미지이다. 죽음이 아니고서는 그 무엇도 바꿀 수 없는 운명을 완수한 사람 같다.

이 노인, 내가 손으로 만질 수 있는 이 노인은 어떻게 죽게 될 것인지 모른다. 마지막 날이 오기 며칠 전에 이제 끝이 왔다는 예감을 갖게 될 것도 여전히 모른다. 과수원의 나무와 나무 사이를 지나고, 줄기를 포옹하고, 나무들과 친

---

* 은하수를 뜻한다.

근한 그늘과 다시는 맛볼 수 없는 열매들에게 작별 인사를 하고 떠나게 될 것을 모른다. 범람하는 길 위에, 거대한 돔 같은 하늘 아래에, 별들이 던지는 영원한 질문 아래에, 기억이 고스란히 그를 되살리기 전까지는 거대한 그림자가 그를 덮치고 있을 것이다. 처음으로 거대한 그림자가 덮쳤을 때 그는 무슨 말을 할까?

할머니, 당신은 당신의 집 입구에 앉아 있었다. 집은 별들이 반짝이는 거대한 밤을 향해, 당신이 아무것도 알지 못하고 결코 여행하지도 않을 하늘을 향해 활짝 열려 있었다. 들녘과 그늘을 드리운 나무들의 침묵을 향해 열려 있었다. 할머니, 당신은 말했다. 아흔 살 인생의 평정심과 한 번도 잃은 적 없는 소녀 시절의 불꽃으로. 세상은 참으로 아름답단다, 그래서 죽는 것이 너무도 슬프단다. 정확히 이 말씀을 하셨다. 임종의 순간에 내가 거기 있었다.

갓 태어난 새끼 돼지 중에는 가끔 다른 녀석보다 더 약골인 녀석들이 있게 마련이다. 그런 새끼 돼지들은 어쩔 수 없이 밤 추위에 고통을 겪을 수밖에 없다. 특히 겨울이 되면 더 힘들게 마련인데, 약골들에겐 치명적일 수 있다.

그렇지만 내가 아는 한 그런 약골 새끼 돼지 중에서 단한 마리도 죽은 적이 없다. 밤마다 우리 할아버지와 할머니가 가장 약한 새끼를 고르기 위해 돼지우리로 갔다. 거기서 서너 마리를 들고 와서 발을 깨끗이 씻기고 당신들의 침대에 눕히고 함께 잠을 잤다. 사람이 덮는 담요와 침대보로 동물을 덮어주었다. 침대 한쪽에는 할머니, 다른 쪽에는 할아버지, 그리고 그들 사이에 있는 서너 마리의 새끼 돼지들. 아마도 그 녀석들은 틀림없이 자기들이 천상의 왕국에 있다고 믿었을 것이다.

외갓집 카잘리뉴의 과수원은 모양과 크기가 다른 두 구역으로 나뉘었다. 첫 번째 구역은 상대적으로 작은 구역으로 대략 네모꼴이었다. 이 구역으로 들어가는 방법은 두 가지였다. 하나는 부엌문을 나와 돌계단 두 개를 밟고 내려가 들어가는 것이고, 다른 하나는 길거리에서 울타리 문을 통과해 진입하는 것이었다.

울타리 문은 돼지들의 출입용이었다. 자세히 말하자면 새벽녘 서광이 비칠 때 할아버지가 돼지들을 몰고 나갔다가 해가 거의 저물 무렵에 데리고 돌아오는 데 이 울타리를 이용했다. 우리도 물론 이용했지만 동물들은 이곳이 아니면 들고 나는 통로가 따로 없었다.

이 구역에는 돼지우리 네댓 개가 있었다. 금세라도 무너

질 것만 같던 지붕 아래에서 암퇘지들이 모로 누워 젖을
내놓고 새끼들에게 젖을 주었다. 그곳이 암퇘지들이 새끼들
과 밤에 잠이 들고, 새끼들이 허락하는 한 낮에도 잠을 자
는 곳이다.

보통은 돼지우리 문을 열어주기만 하면 암퇘지들이 자기
우리를 잘 찾아 들어갔고, 그 뒤로 한 배 새끼들이 우르르
따라 들어갔다. 암퇘지들이 우리를 혼동한 적이 있었는지
는 기억나지 않는다. 하지만 새끼 돼지 한 마리나 여러 마리
들이 조바심에 쫓긴 나머지 남의 우리에 들어가는 일은 종
종 있었다. 하지만 집을 잘못 찾아든 새끼들은 오래 버티지
못한다.

이 광경을 보지 못했거나 이런 일에 대해 들어본 적이 없
는 사람에게 놀라운 일로 여겨질지 모르겠다. 하지만 암퇘
지들은 새끼들이 저마다 다른 방식으로 젖을 빤다는 걸 알
고 있다. 새끼들이 젖을 먹기 위해서는 각자 어미젖을 빨아
야 하는데 그 방법이 달랐다. 그럴 때 암퇘지는 잘못 들어
온 침입자를 즉시 코로 밀쳐낸다. 가장 확실한 건 물어서
쫓아내기일 것이다. 하지만 그런 일이 벌어진 걸 본 적은 없
었다.

불쌍한 새끼는 뒤늦게 그 암퇘지가 자기 어미가 아니라는
걸 알게 된다. 하지만 불안감 때문에 자기를 구해달라고 꿀

꿀거리는 것 외엔 아무것도 하지 못한다. 그럴 때면 할아버지와 할머니가 내게 말했다. 제지투야! 네가 가서 그 녀석 좀 보렴. 그러면 나는 돼지 키우기 과목에서 앞서가는 학생으로 즉시 돼지우리로 가서 한 손으로는 침입자 새끼 돼지의 뒷다리 하나를 잡고 다른 손으로는 새끼의 배를 받치고, 이 녀석의 '즐거운 집'을 찾아 넣어주곤 했다. 길 잃은 탕자가 집으로 가는 길을 발견하는 데 성공했다는 기쁨으로 친어미 돼지가 꿀꿀거리는 소리를 들을 때면 나도 만족감을 느끼곤 했다.

그런데 길 잃은 새끼가 원래 속한 돼지우리는 어떻게 알아낼 수 있을까? 그것은 그리 쉬운 일이 아니었다. 새끼 돼지들의 털을 깎아서 소속된 돼지우리를 표시하는 방법을 썼다. 한 줄로 깎으면 첫 번째 우리, 두 줄로 깎으면 두 번째 우리, 이런 식이었다.

이것보다 훨씬 더 복잡한 기호체계도 있었다. 숫자도 글자도 배운 적이 없는 우리 할머니가 사용한 것이었다. 이 체계를 이용해 가게에서 얼마나 썼는지를 기록했는데 할머니가 단돈 1센타부의 실수를 저지르는 것도 보지 못했다. 할머니는 공책에 세 가지 기호를 이용해 숫자를 기록했다. 십자가가 안에 있는 둥근 원, 십자가가 없는 원, 십자가가 밖에 있는 원으로. 이 기호들을 할머니는 막대기라고 불렀는데, 지금은 기억나지 않는 다른 기호들도 더 있었다.

가끔 가게 주인 비에이라 씨가 제시한 계산서에 맞서 우리 할머니가 직접 자신의 계산을 제시하는 걸 본 적이 있다. 그때마다 늘 할머니가 계산에서 이겼다. 우리 할머니에게 그 공책 중 하나를 달라고 요청하지 않은 건 내 잘못이었다. 그런 내 자신을 결코 용서하지 않을 것이다.

그 공책은 아주 훌륭한 기록물이라고 할 수 있다. 또한 그것은 우리 조제파 할머니가 산수를 재발명했다는 것을 입증하는 과학적 증거라고 할 수도 있다. 그것은 우리 가족처럼 특별히 비범할 것이 없는 가족에게는 사건이라고 할 수 있다. 물론 우리 가족에게도 뛰어난 점이 있다고 볼 수 있다. 가령 주제 디니스가 열 살도 채 되기 전에 '원을 네모지게 그리기'와 같은 역사적 문제를 풀었다는 걸 우리가 기억한다면 말이다…….

그 구역의 돼지우리에 있던 여물통도 생각난다. 돼지들이 물과 사료가 섞인 먹이, 때로는 옥수수 가루 몇 주먹을 더 얹은 먹이를 혀로 샅샅이 핥던 여물통. 그뿐만 아니라 그 구역에는 닭장, 토끼장, 암탕나귀 마구간도 있었다.

닭장에 관해서는 한 사람이 아무리 노력한다고 해도 별로 할 얘기가 많지 않을 것이다. 보통 닭장 속에는 암탉 몇 마리와 그들을 감당할 수탉 한 마리가 사이좋게 공존하기를 바라게 마련이다. 그리고 시장에 내다 팔 달걀, 병아리를 부화시킬 달걀, 특별한 날에 식탁 위에 오를 달걀들을 낳아 주길 기대한다.

우리 외조부모님의 닭장도 특별할 게 없었다. 다른 사람들의 닭장에 있는 품종과 다를 바 없었다. 하지만 확실히 다른 집보다는 닭의 수도 적었고 생산되는 달걀의 수도 적었다.

반면 토끼장과 관련해서는 확실히 이야깃거리가 있다. 카를루스 외삼촌은 이따금 한밤중에 토끼장을 찾곤 했다. 삼촌이 마을 광장에 있는 경찰서 유치장에 갇히지 않을 때나, 절도 혐의로 어딘가로 은둔하지 않을 때, 특히나 환장하던 고가품인 공중전화기의 구리선을 훔친 혐의로 쫓기지 않을 때에 벌어지는 일이었다.

삼촌은 나쁜 사람은 아니었다. 하지만 너무 술을 좋아했다. 그렇게 취할 때면 자기 것과 남의 것을 분간하지 못했다. 그가 닭고기보다 토끼고기를 딱히 선호하는 건 아니었다. 다만 토끼들은 뭐랄까 일종의 벙어리였다. 소심하게 신음 몇 번 내면 그만이었다. 양 귀를 잡고 자루 속에 넣는데도 저항할 줄 몰랐다. 반면 암탉들은 이웃 모두를 깨우고도 남을 소란을 일으킬 수 있는 시종들이었다.

만약 아들 카를루스 멜리뉴가 야간 소풍을 다녀온 기념

으로 토끼 한두 마리라도 남겨두었다면 우리 할머니는 세상에서 가장 운이 좋은 여자로 여겨질 수도 있었다. 할머니의 아침 기상은 새벽이 멀리서 오고 있다는 첫 번째 증거였는데, 그런 할머니가 일어나 토끼장을 보았을 때 말이다.

도저히 용서할 수 없는 일이라고 말할 수 있다. 하지만 아무리 훌륭한 가족이라고 해도 구성원 모두가 상냥한 것은 아니다. 세상에는 전화 구리선이나 토끼보다 훨씬 더 많은 것을 훔치는 사람들이 존재한다. 그런데도 세상의 눈앞에서 정직한 사람으로 행세하는 경우도 많다. 그 시절, 그 지역에서는 겉모습이 어떻게 보이느냐에 모든 것이 달려 있었다. 겉이 속이고, 속은 겉이었다.

아마 카잘리뉴에서 가장 독특한 곳은 '암탕나귀 마구간'일 것이다. 나로서는 한 번도 본 적이 없는 암탕나귀가 거기에 산 적이 있다는 이유로 그런 이름을 갖게 되었다. 그 뒤로 오랜 세월이 흘렀지만 이름은 계속 유지되었다. 그곳의 기원에 대한 의문을 불식시키려는 듯이 그곳에는 오래된 여물통이 남아 있었다. 당나귀의 영혼이 콩과 밀짚의 기억을 게걸스럽게 먹어치우려고 밤마다 그곳으로 돌아올 수밖에 없는 운명이기라도 하듯.

이것 말고도 부엌 문 옆에 있던 빵 굽는 화덕이 생각난다. 그리고 마지막으로, 과수원 이 구역에 대한 기억의 목록은 또 다른 돼지우리를 언급하면 완성된다. 이 돼지우리는 오직 암퇘지와 새끼들만 들어가던, 비좁은 우리에 비해서는 매우 컸다. 매년은 아니었지만 그 거대한 우리는 비육을 위해 고른 수퇘지 한 마리 차지였다.

이 은혜를 모르는 짐승을 위해 나는 일주일에 최소한 한 번은 쇠스랑을 잡고 요를 바꿔주곤 했다. 배설물로 더러워지고 악취가 나는 짚을 치우고 새로운 짚으로 교체해주었는데, 새 짚이 원래의 냄새와 신선함을 잃는 데는 한 시간도 채 걸리지 않았다.

어느 날이었다. 내가 요 교체 작업에 한창 몰두하고 있었는데 비가 내리기 시작했다. 처음에는 굵은 빗방울이 듬성듬성 내리더니, 이내 세차고 끈질긴 빗줄기로 변했다. 나는 일을 중지하고 암탕나귀 마구간에서 비를 피하는 것이 좋겠다고 생각했다. 하지만 할아버지 목소리가 마구간으로 가던 발걸음을 멈추게 했다. 시작한 일은 끝을 봐야 한단다, 비가 널 젖게는 하겠지만 뼈를 부러뜨리지는 않는단다. 맞는 말이었다. 나는 돌아가 다시 쇠스랑을 잡고 밀고 당겼다. 서두르지도 조급하지도 않게 아주 훌륭한 일꾼처럼 맡은 일을 완수했다. 흠뻑 젖었지만 행복했다.

땅에 막대기를 박아 만든 엉성한 목책이 과수원의 두 구역을 분리해주었다. 두 구역을 오가려면 필시 통과해야 하는 문은 따로 있었다. 그 문을 통과해 첫 번째 구역에서 두 번째 구역으로 들어가면, 왼편에 거대한 짚가리가 보였다. 전형적인 피라미드 꼴의 짚가리였다. 바닥은 네모꼴이었고 위로 갈수록 좁아졌다.

이것은 할머니가 새벽에 수행한 비밀 노동의 수고로운 결실이었다. 그녀는 다른 동료들과 갈퀴, 천 조각, 끈 등으로 무장하고 수확을 끝낸 그루터기 속에서 감시원의 눈을 피해 밀짚을 모아왔다.

짚가리의 윗부분을 가지가 건드릴 정도로 가까운 곳에는 커다란 무화과나무 한 그루가 서 있었다. 그 나무를 그냥 '무화과'라고 불러도 좋겠다. 다른 무화과나무도 있었지만 제대로 자라지 못했기 때문이다. 본래의 자연적 특성 때문에 그랬을 수도 있고, 고참 나무를 보고 존경심을 갖게 되어 그랬을 수도 있다.

유서 깊은 나무는 또 있었는데 바로 올리브나무였다. 비틀린 나무줄기가 과수원을 두 구역으로 나누는 목책을 지탱하고 있었다. 그 나무를 에워싼 가시덤불, 위협적인 경호원 노릇을 하고 있는 하얀 산사나무 때문에, 외갓집 주변에 있는 나무들 중에서 내가 한 번도 오르지 못한 유일한 나무였다.

그리고 많지는 않았지만 몇 그루의 나무들이 더 있었다. 한 그루 혹은 두 그루의 야생 자두나무도 있었다. 그 나무들은 할 수 있는 최선의 일을 해주었다. 다소 인색한 석류나무도 있었다. 열 걸음 밖에서도 향기가 나는 열매를 달고 있던 팥배나무도 몇 그루 있었다. 월계수 한 그루, 그리고 올리브 몇 그루가 더 있었다.

남아도는 작은 땅뙈기도 있었다. 그곳은 채소 재배용이었다. 특히 포르투갈 양배추* 재배용이었다. 그 이파리식물은 1년 내내 잎사귀를 얻을 수 있어 그 지역 요리의 기본 재료로 자리 잡았다. 그곳 사람들은 삶은 강낭콩과 포르투갈 양배추를 주로 먹었는데 조미료라고는 올리브유가 전부였다. 가끔은 말랑말랑한 옥수수 빵을 접시 바닥에 깔고 그 위에 강낭콩과 양배추를 얹어 먹기도 했다.

과수원의 두 번째 구역은 좁고 기다란 모양이었다. 길이는 약 50~60제곱미터에 달했다. 이 구역은 한쪽으로는 살바도르라는 사람이 소유하고 있는 올리브밭과 붙어 있었다. 다른 쪽은 울타리를 사이에 두고 한길에 이어져 있었다. 길가의 울타리는 갈대와 가시덤불, 그리고 당연히 용설란, 이따금 딱총나무 등이 빽빽하게 뒤엉켜서 만들어진 것이었다.

---

* 케일과 유사한 채소.

이 울타리 옆에서 나는 두 번인가 세 번인가 말라비틀어진 뱀 허물을 주웠다. 뱀이 커져 더 이상 들어가지 못할 때 껍질을 한 꺼풀 벗은 것이었다. 병명은 모르지만 돼지들이 앓는 질환에 그 허물이 특효약이었다.

이 구역의 끝으로 가면 갈수록 마치 거북이 꼬리처럼 땅이 점점 좁아져 점으로 끝이 났다. 그곳이 바로 할아버지와 내가 일을 보러 가던 곳이었다. 긴급 상황이 발생하여 올리브밭으로 들어갈 시간조차 없었을 때 말이다(우리 할아버지는 돼지를 몰고 다니다가 아무 데서나 문제를 해결하곤 했을 것이다). 독자들은 '일을 보러 간다'는 완곡한 표현에 놀라지 마시라. 이것은 자연의 법칙이었다. 아담과 이브도 천국의 어느 모퉁이에서 우리처럼 똑같이 일을 봤을 것이다.

그 궤짝은 청색 유화 물감으로 채색되어 있었다. 흐리고 우중충한 하늘처럼 다소 칙칙한 색깔이었다. 그것은 현관문 옆에 있는 바깥방에 자리 잡고 있었다. 방문을 열면 오른편에 놓여 있었다. 그 궤짝은 컸다. 아주 거대했다고 하는 것이 더 낫겠다. 그 안에는 누에콩이 들어 있었다.

우리 할머니는 이 궤짝을 절대 열지 말라고 충고했다. 궤짝을 열어본 경솔한 사람의 피부에 누에콩 먼지가 두드러기(우리가 아주 불편한 수포를 부르던 이름이었다)를 나게 해서 참을 수 없는 가려움을 유발할 것이라고 경고했다.

우리 할아버지는 인격 형성이나 정신력 강화의 복잡한 문제와 관련해서는 절대적으로 스파르타식 사고방식을 따랐다. 할머니가 경고하고 염려하면 옆에서 빙그레 미소를 짓곤했다. 하지만 해 질 녘 가축을 몰고 집에 돌아올 때면 가끔내가 궤짝을 열어보았는지 물어보았다.

사실 나는 그때나 지금이나 가려움을 유발하는 콩과 식물 애호가가 아니다. 그러니 밖에서도 얼마든지 볼 수 있는 것과 똑같은 콩을 보겠다고 무시무시한 궤짝의 덮개를 여는 것, 아무런 해를 입지 않고 여닫아보는 건 내 호기심을 부추기는 일이 아니었다. 게다가 나는 이미 다른 종류의 모험에 몰두하고 있던 열 살 소년이었다. 알몬다 강과 테주 강의 기슭을 탐험하기, 파울 두 보킬로부의 미로처럼 복잡한 덤불숲을 탐사하기.

하지만 할아버지가 여러 차례 가볍게 놀리자 손자의 감수성과 작은 자존심이 자극을 받았다. 그러던 어느 날 집에 혼자 남게 되자 드디어 궤짝 앞으로 갔다. 거기서 크게 힘을주어 무거운 덮개를 들어 올렸다. 팔 높이까지 들어 올리고회반죽을 바른 벽과 부딪칠 때까지 밀었다.

그 안에 콩들이 있었다. 황갈색의 콩 위를 덮고 있던 가는 먼지 일부가 갑작스러운 공기 흐름에 날려 손과 팔 위로 옮겨왔다. 이제 몇 초만 있으면 예고된 발진이 돋을 것이고 무시무시한 가려움이 시작될 것이다.

하지만 집요한 소년은 손에 묻은 정도로는 충분한 증거가 될 수 없다고 생각했다. 그래서 두 손을 사악한 콩 사이로 집어넣었고 견과류를 만지듯 콩들을 부딪쳐보았다. 그러자 이번에는 제대로 먼지 구름이 일었다.

이다음에는 그 일로 인한 불쾌한 결과에 대한 묘사가 들어가는 게 적당할 것이다. 만약 내가 전해야 할 다른 이야기가 없다면 말이다.

내가 궤짝의 한쪽 모서리로 이동했을 때였다. 좀 더 쉽게 뚜껑의 위쪽 모서리에 손을 뻗은 다음에 뚜껑을 닫기 위해서였다. 그때 덮개 안쪽으로 신문지를 대놓은 것이 눈에 띄었다. 외조부모님 댁에는 글을 읽을 사람이 없었다. 이미 앞에서 여러 차례 언급했듯이 두 분 모두 문맹이었다.

만약 어떤 외삼촌이 군대에서 휴가를 받아 잠시 머물기 위해 왔다고 해도, 설령 그가 비록 몇몇 글자를 읽는 능력을 보유했다고 하더라도, 아주 큰 글자, 엄청나게 큰 글자를 해독할 능력을 겨우 갖추었을 뿐이다.

따라서 《오세클루》 신문의 존재가 의미하는 건 명확했다. 이 신문은 이 나라에서 가장 발행 부수가 많은 신문이라고 이름 밑에 써놓았는데, 그것은 '분명한 근거'가 있는 말이었다. 아지냐가 마을에 도착하는 유일한 신문이었기 때문이다. 그 신문지들이 그곳에 있다는 건 우리 할머니가 가져왔다는 뜻이었다. 우리 할머니는 단골로 드나들던 가게 주인 조앙 비에이라 씨가 다 읽고 버린 신문을 가져가도 좋겠느냐고 허락을 구했을 것이다.

만약 외조부모님이 섬세하고 민감한 피부를 가진 사람들이었다면, 낡은 궤짝 뚜껑에 생긴 균열을 가리려고 신문지를 사용했을 가능성을 기꺼이 받아들일 것이다. 실제 덮개에는 균열이 많았으니, 위험한 밤색 먼지가 악의를 갖고 무방비 상태의 멜리뉴, 카이시냐, 사라마구 부족*을 공격하는 걸 막으려고 사용했을 가능성을 받아들이는 것이 무엇이 어려울까.

하지만 다른 가능성이 있다. 좀 더 예술적인 것이다. 바로 우리 할머니의 눈에 글자, 단어, 사진이 너무 매력적으로 보였을 가능성이 있다. 멀리 갈 것도 없이 그녀의 손자 눈에 수 년 뒤에 중국인과 아랍인의 문자가 그렇게 보였듯이. 이 수수께끼는 여전히 해결되지 않은 채로 남아 있다.

당시 내 나이는 열 살에 불과했지만 글을 술술 읽었고, 읽은 것은 완벽히 이해했다. 그 어린 나이에 맞춤법 실수도

---

* 사라마구의 외가가 사용한 부계 혹은 모계 성(姓)을 나열한 것.

하나 없었다. 이참에 하는 말이지만, 그 당시에는 이런 능력을 메달을 줄 만한 재능으로 여기지 않았다.

여하튼 독자들은 충분히 이해할 것이다. 시원한 물 한 잔이나 식초 몇 방울의 신선한 위로를 요청하게 마련인 견디기 힘든 가려움에도, 예기치 않은 우연이 내게 제공한 기사 읽기에 몰입할 수 있는 기회를 잡았다는 것을.

그때는 1933년 여름이었다. 《오세클루》 지가 신문 용지에 인쇄한 기사들은 모두 그 전년도 1932년 모월 모일의 기사였다. 그중에서 한 가지를 지금도 기억하고 있다. 설명과 함께 실린 사진 한 장이었다. 오스트리아의 돌푸스 수상이 자국 군대의 열병식에 참석하고 있는 모습이 담긴 사진이었다.

그때가 1933년 여름이었으니, 그 6개월 전에 히틀러가 독일에서 권력을 장악했다. 히틀러 뉴스를 제 날짜에 읽었을까. 아버지가 리스본의 집에 가져오던 《디아리우 드 노티시아스》에서 읽었는지 기억이 나지 않는다.

나는 방학을 맞아 외갓집에 머물며 혼자 궤짝을 열었다가 발견한 신문지를 읽었다. 건성으로 팔을 천천히 긁으며 돌푸스 수상의 키가 아주 작다는 사실에 놀라고 있었다('수상'이 무엇인지도 궁금했다). 그 이듬해인 1934년에 오스트리아 나치에게 암살당할 것이라는 사실은 돌푸스 자신도, 나도 몰랐다.

그 무렵이었다(내가 날짜를 혼동한 것이 아니라면 1933년 이나 1934년의 일이었을 것이다). 어느 날 후아 다 그라사 길을 걷고 있을 때였다. 내가 살던 페냐 드 프란사 길과 질 비센트 중학교가 있던 상 비센트 길 사이에 있던 길로 자주 다녔다.

그 길에는 유서 깊은 로얄 시네 극장이 있었고, 그 맞은 편에 담배나 잡지 등을 파는 가게가 하나 있었다. 그 매대 앞에는 늘 신문이나 잡지가 걸려 있었다. 그중에서 어느 주간지 표지에 실린 삽화가 눈에 띄었다. 무엇인가를 움켜쥐기 위해 준비하는 자세의 완벽한 손 그림이었다. 그 아래로 다음과 같은 제목이 쓰여 있었다. 벨벳 장갑을 착용한 강철 손. 잡지명은 《셈프르 피셰》*였고, 삽화가는 프란시스쿠 발렌사였다. 독재자 살라자르의 손을 암시한 것이었다.

이 두 이미지는 평생 날 떠난 적이 없었다. 하나는 군대가 행진하는 걸 지켜보면서 웃고 있는 돌푸스의 사진. 돌푸스는 그때 이미 히틀러에 의해 사형선고를 받았을지도 모를 일이다. 다른 하나는 위선적인 벨벳 장갑의 부드러움 속에 감춰진 살라자르의 강철 손. 이유가 무엇인지에 대해서는 묻지 마시라.

---

* Sempre Fixe, 리스본에서 출간되던 유머 주간지.

우리는 기억할 수 있기를 바라는 것조차 너무도 자주 망각한다. 하지만 다른 경우들도 있다. 어떤 이미지, 단어들, 광채, 깨우침은 아주 사소한 자극에도 과거로부터 반복적이고 강박적으로 귀환한다. 거기에는 이유가 없다. 우리가 소환한 것이 아니다. 거기 늘 있었던 것이다.

그 두 사진이 내게는 그랬다. 그 사진들은 당시에 이미 히틀러, 무솔리니, 살라자르가 '같은 나무로 만든 숟가락' 사촌지간이라는 걸 내게 알려주었다. 충분한 지식으로 알려준 것이 아니라 직관적으로 전달해주었다. 그들 모두 강철손을 과시했다. 다른 것은 벨벳의 두께,* 그리고 장악력**의 차이뿐이었다.

스페인 내전이 발발했을 때는 내가 이미 질 비센트 중학교에서 샤브레가스에 있는 아폰수 도밍게스 산업학교로 옮긴 뒤였다.

그때 나는 공부에 최선을 다했다. 포르투갈어, 수학, 물리학, 화학, 기계 설계, 역학, 역사는 물론이고 프랑스어와 문학도 조금 맛을 보았다(그 시절에 직업계 학교에서 프랑스어와

---

* 위선의 크기를 가리킨다.
** 반대 세력에 대한 탄압의 강도를 가리킨다.

문학을 가르쳤다는 것은 놀라운 일이었다). 그리고 내가 그 학교를 다닌 진짜 이유는 이것 때문이었는데, 바로 (기계)열쇠공이라는 직업의 신비 속으로 천천히 진입하고 있었다.

당시 나는 언론을 통해 스페인 내전의 한쪽을 적군(赤軍)이라고 부르고, 다른 쪽을 민족주의자라고 부른다는 걸 알게 되었다. 신문은 매일 전투 소식을 알려주었는데 때로는 지도도 함께 게재했다. 이미 앞에서 내가 언급한 적이 있지만, 내 나름의 지도를 만들어보기로 작정했다. 그 지도에다가 전투 결과에 맞추어 서로 다른 색깔의 아주 작은 깃발을 꽂기 시작했다. 아마도 빨강과 노랑 깃발이었을 것이다. 그 깃발들 덕분에 이른바 '작전의 전개 과정'을 내가 지속적으로 추적하고 있다고 믿게 되었다.

하지만 그리 오래지 않아 내가 속고 있다는 걸 알게 되었다. 언론을 검열하는 임무에 고용된 퇴역 군인들이 '강철 손과 벨벳 장갑'을 사용해 독자를 기만하고 있었다. 그들이 바로 승리를 결정하는 사람들이었고, 오직 프랑코의 승리만이 언론에 실렸다. 나는 지도를 쓰레기통에 버렸고, 깃발들도 모두 없애버렸다.

아마 이것도 여러 가지 이유 중 하나였을 것이다. 급우들과 내가 리세우 드 카몽이스 중학교에 보내졌을 때, 당시 그곳에서 포르투갈 청년운동*의 녹색과 갈색 제복을 나눠주고 있었는데, 교문 밖의 길거리까지 길게 늘어선 줄에서 맨 마지막 자리를 계속 유지하는 방법을 찾아내려고 했던 이유. 졸업생 하나(사람들이 그렇게 불렀다)가 더 이상 남은 제복이 없다고 우리에게 알리러 왔을 때도 여전히 줄의 마지막 자리를 지킨 이유. 그 뒤로도 몇 주간 베레모와 티셔츠와 바지를 배급하는 일이 있었다.

하지만 나와 몇몇 친구들은 언제나 평상복을 입고 군사 훈련에 참여했다. 게다가 행진에서 발 맞추는 일에 틀리기 일쑤였고, 무기 다루기에서 서투르기 짝이 없었다. 그리고 표적을 맞히는 일도 번번이 빗나가 위험하기까지 했다. 내가 갈 길은 그 길이 아니었던 것이다.

내 중학교 친구 중에는 뚱보가 하나 있었다. 크고 둥근 안경을 끼고 다니던 우울한 표정의 소년이었다. 늘 약품 냄새가 났다는 인상이 남아 있다. 그는 수업에 자주 빠졌다. 하지만 병약해서 생긴 결석이라 정당하게 인정받았다. 우리는 그가 아침에 등교할 것인지를 알 수 없었고, 수업을 마칠 때까지 학교에 있을 것인지도 알 수 없었다.

---

* Mocidade Portuguesa, 포르투갈의 파시스트 청년 단체.

그랬지만 그는 똑똑했고 부지런했다. 성적이 상위권인 아이들 중 하나였다. 그는 체육 시간에는 빠져도 괜찮았다. 우리가 벌이는 떠들썩한 놀이에는 낄 수도 없었다. 쉬는 시간에 그를 운동장에서 본 적이 한 번도 없었다. 학교에는 차로 데려다주었고, 방과 후에도 그를 데려갔다.

당시 학교 안에는 식당이 없었다. 그러다 보니 학생들은 아무 데나 앉아 식사를 했다. 교실 복도, 뜰, 학교가 들어선 층의 회랑의 통로 등 그 어디건 상관없었다. 그런데 그는 교장의 특별한 허락 덕분에 하녀가 가져다준 여전히 따뜻한 점심을 먹었다. 식탁보와 냅킨도 사용했다. 아우성과 충돌에서 벗어나 아래층에 있는 고요한 곳이 그의 전용 식사 장소였다.

나는 그가 딱해 보였다. 그도 그걸 알아챈 것 같았다. 어느 날 그가 자기와 같이 있지 않겠느냐고 물었다. 점심을 같이 먹자는 것이 아니라 말벗이 되어주지 않겠느냐는 것이었다. 나는 좋다고 답했다. 그래서 내가 2층에서 훈제 소시지나 치즈, 혹은 오믈렛이 들어간 빵을 먹고 1층의 그를 찾아가기로 했다. 그가 점심 식사를 마친 뒤에 같이 교실이 있는 2층으로 올라가자고 약속했다.

내가 도착했을 때 둥글고 우울한 얼굴의 그는 아무런 식욕도 못 느끼는 듯 천천히 음식을 씹고 있었다. 도련님! 조금만 더! 조금만 더요! 하지만 하녀의 애원조차 들리지 않는 것 같았다. 어떤 상황인지 눈치챈 나는 이튿날에는 그를 응원하기 위해 어릿광대처럼 굴기로 했다. 제 발에 넘어지는 우스꽝스러운 동작을 보여주는 식이었다. 이 초보적인 코미디 기술이 효과를 발휘했다. 그가 웃었고 무의식중에 계속 음식을 먹는 것이 아닌가. 하녀는 참으로 좋아했다.

그들이 다른 가족에게 내 얘기를 한 것이 틀림없었다. 어느 날엔가 그가 자기 집에 나를 초대했기 때문이다. 그 집은 으리으리한 대저택이었다(당시 내게는 궁궐로 보였다). 칼사다 다 크루스 다 페드라 길에 있었고, 테주 강을 내려다보는 계단식 정원 위에 솟아 있었다. 나는 친구와 친구 여동생의 환대를 받았다. 그의 어머니도 우리와 함께 몇 분간 머물렀다가 자리를 피해주었다.

차를 마시는 시간이었다. 우리는 작은 방에 앉아 간식도 겸했는데, 방 안의 가구를 보자 포르미갈 선생 내외의 집을 떠올렸다. 비록 방 안 분위기가 덜 엄숙했고, 다마스크 직물도 보이지 않았지만.

그들은 내 식탁보와 찻잔 밑에 일종의 풍선 같은 걸 숨겨두고 나를 놀래키는 놀이를 시도했다. 식탁 맞은편에서 친구가 작은 고무 밸브를 작동시키면 바람이 들어가면서 부풀어 오르는 것이었다. 내 찻잔과 접시받침이 튀어 오르기 시작했다. 하지만 나는 전혀 놀라지 않았다. 결과를 봤으니 이제 원인을 알아내면 되는 것이었다. 내가 식탁보를 들추었고 우리 모두 웃음을 터뜨렸다.

그다음에 모두 정원으로 나가서 당나귀 놀이를 했다. (비스듬히 세워놓은 판자를 당나귀라고 불렀다. 판자는 바둑판처럼 구획되어 있었고, 각 사각형 안에는 저마다 다른 숫자가 적혀 있었다. 바로 그곳을 향해 핀을 던져 가장 많은 점수를 얻으면 이기는 놀이였다.) 그 놀이에서 나는 졌다.

아폰수 도밍게스 학교에 다니고 있었을 때, 마지막으로 그의 집에 갔다. 그리고 내 스스로도 거짓이라고 생각한 자부심을 과시하려고 했다. 내가 직업계 학교 학생(기술교육 이수생)이라는 것을 입증하는 학생증을 보여주었다(중학교 시절에는 그런 학생증이 없었다). 하지만 그는 대수롭지 않게 여기며 힐끗 한번 보고 말았다.

그 이후에 다시는 그들에 대한 소식을 듣지 못했다. 그 저택은 아폰수 도밍게스 학교로 가는 길 근처에 있었다. 가던 길에서 몇 미터만 벗어나면 그 집 문을 노크할 수 있었지만 나는 그러지 않았다. 내가 그에게 쓸모 있는 시기가 이제 끝났다는 걸 인식했기 때문일 것이다.

어느 날 역학(力學) 시간이었다. 내가 교사의 지시봉을 부러뜨린 적이 있었다. 아직 교사가 도착하기 전이었다. 언제나 그랬듯이 우리는 그 시간을 이용해 소란을 피우고 있었다. 몇몇은 농담을 주고받으며 깔깔대고, 몇몇은 서로에게 종이비행기나 종이 뭉치를 집어던지고, 또 다른 몇몇은 손뼉 부딪치기를 하며 놀았다. (반사 신경을 기르는 데 이만큼 훌륭한 훈련은 없다. 손바닥을 아래로 향한 사람은 손바닥을 위로 향한 사람이 불시에 시도하는 손뼉 강타를 재빨리 피해야 한다.)

한편 나는 창던지기 시범을 보여주려고 했다. 무엇 때문에 그랬는지는 이제 생각나지 않지만 아마도 어느 영화에선가 본 걸 흉내 내고 싶었던 것 같다. 지시봉을 창처럼 쥐고서 칠판을 향해 날렸다. 말에서 떨어뜨려야 할 가상의 적을 목표로 던진 것이리라. 하지만 거리를 잘못 계산했다. 충돌이 너무 강했던 나머지 지시봉이 세 조각으로 박살나고 말았다.

이 용감한 위업은 몇몇 친구들의 박수를 받았다. 하지만 나머지는 침묵한 채 나를 걱정스러운 눈길로 바라보고만 있었다. 그들의 독특한 태도가 의미하는 바는 전 세계의 모든 언어에서 동일한 의미를 가질 것이다. 너 큰일 났다. 기적의 가능성을 믿는 사람처럼 나는 나무 막대기의 두 균열 지점을 서로 맞추어보려고 무진 애를 썼다. 하지만 기적은 일어나지 않았다.

내가 지시봉 조각을 교탁 위에 올려놓고 있을 때 교사가 교실로 들어섰다. 무슨 일인가? 그가 내게 물었다. 나는 횡설수설 둘러댔다. (지시봉이 바닥에 떨어져 있었습니다. 제가 모르고 밟았습니다. 제가 의도적으로 벌인 일은 아닙니다. 선생님.) 교사는 내 설명을 액면 그대로 받아들이는 것 같았다. 이미 알고 있겠지만, 다른 것으로 하나 사 오렴. 그가 말했다. 그때는 그랬다. 그래야만 했다.

문제는 우리 집 사람 누구도 지시봉을 문구점에 가서 가격이 얼마인지 알아보고 구입하는 것으로 생각하지 않았다는 점이다. 그 물건은 아주 비쌀 테니까 가장 좋은 방법은 목공소에 가서 전혀 가공하지 않은, 비슷한 크기의 둥근 막대기 하나를 구입하는 것이라는 생각이 즉시 떠올랐다. 그런 뒤에 진짜 지시봉과 가능한 한 비슷해질 때까지 계속 다듬는 것이었다.

그렇게 했다. 좋은 일인지 나쁜 일인지 모르겠지만 아버지도 어머니도 이 일에 개입하지 않았다. 아마도 약 2주간 토요일과 일요일 오후에도 일을 했다. 나는 마치 유죄 선고를 받은 사람처럼 손에 칼을 쥐고서 그 저주받을 놈의 막대기를 깎고, 다듬고, 끝을 뾰족하게 만들고, 문지르고, 초를 칠했다.

아지냐가 마을에서 여러 공구를 다뤄봤던 것이 큰 도움이 되었다. 내 작업의 결과물이 완벽한 수준에 이르지는 못했지만 아주 당당하게 부서진 지시봉의 자리를 대체할 수 있었다. 행정적 승인도 받았고 교사의 너른 이해심이 담긴 너털웃음도 보았다. 다만 기억해주시라. 내 직업적 전문성은 열쇠공이지 목공이 아니었다.

주제 디니스는 어린 나이에 죽었다. 유년의 황금기가 끝난 뒤에 각자는 자기 인생을 찾아 떠나야 했다. 시간이 흐른 뒤에 어느 날엔가 아지냐가에 들렀을 때의 일이다. 마리아 엘비라 이모에게 불쑥 질문을 던진 적이 있었다. 주제 디니스는 어떻게 지내요? 그러자 그녀는 군더더기 하나 붙이지 않고 대답했다. 주제 디니스는 죽었단다.

우리는 이런 식이었다. 안으로는 상처받지만 겉으로는 강했다. 세상일은 있는 그대로 받아들여야 하는 법. 누군가 지금 태어나고, 그 뒤에 살다가, 결국 죽는다. 그러니 빙빙 에둘러 말할 필요가 없다. 주제 디니스는 세상에 왔다가 떠났다. 그 순간에는 눈물이 흘렀지만 죽은 사람들 때문에 계속 울면서 인생을 살 수는 없다.

이 글이 쓰이지 않는 한 오늘날 주제 디니스를 기억해줄 사람은 한 명도 없을 거라고 믿고 싶다. 우리 둘이 수확기 발판에 올랐다가 그만 균형을 잃어버리고 밀밭 이곳저곳 마구 휘저은 일이 있었다. 그때 이삭이 어떻게 함부로 잘려나

가는지, 우리가 어떻게 먼지를 옴팡 뒤집어쓰게 되었는지 기억할 수 있는 사람은 내가 유일하다.

테주 강변에서 함께 먹은 녹색 껍질의 수박, 그 최상품 수박을 여전히 기억할 수 있는 사람도 내가 유일하다. 수박밭은 테주 강 내부에 있었다. 여름이면 유량이 줄어 고스란히 밖으로 드러나던 모래흙의 여러 갈래 헛바닥, 때론 매우 넓은 면적의 헛바닥 중 하나가 바로 수박밭이었다. 그때 접힌 칼을 펼 때 나던 삐걱거리는 소리, 연붉은 과육과 검정 씨앗, 잘라 먹으면 먹을수록(칼은 과일의 중심부에 닿지 않았다) 수박의 중심부에 만들어지던 성(다른 곳에선 심장이라고 부른다). 목을 타고 가슴까지 흘러내리던 수박 과즙. 이 모든 걸 여전히 기억할 수 있는 사람도 내가 유일하다.

또한 주제 디니스를 배신한 일을 기억할 수 있는 사람도 내가 유일하다. 마리아 엘비라 이모와 함께 옥수수 이삭을 주우러 다니던 시절에 벌어진 일이다. 우리는 각기 자기가 맡을 옥수수 고랑을 정하고, 목에 자루를 걸고, 수확을 마친 뒤에도 혹시 부주의로 남아 있을지 모를 옥수수 이삭을 찾기 위해 옥수수 줄기를 살피곤 했다.

그러던 어느 날이었다. 나는 주제 디니스가 맡은 고랑에서 거대한 옥수수 이삭을 하나 보았다. 나는 그가 혹시 모르고 지나치는 게 아닌지 지켜보면서 입을 다물고 있었다.

그리고 작은 체격의 희생자인 주제 디니스가 그냥 지나쳤을 때, 내가 가서 그 옥수수 이삭을 주웠다.

빼앗긴 자의 분노는 대단했다. 하지만 마리아 엘비라 이모와 근처에 있던 다른 어른들은 내 손을 들어주었다. 주제 디니스가 그 이삭을 봤더라면, 내가 그걸 가져가지 않았을 것이라고 말했다. 하지만 그들 모두 틀렸다. 만약 내가 마음이 넓은 사람이었다면 그에게 옥수수 이삭을 주었거나, 이렇게 간단하게 말했을 것이다. 주제 디니스, 네 앞에 뭐가 있는지 보렴.

문제의 진정한 원인은 우리가 지속적으로 갖고 있던 경쟁심이었다. 하지만 최후의 심판 날에 내 선행과 악행을 저울 위에 올려놓고 측정할 때, 그 옥수수 이삭의 무게가 나를 지옥으로 떨어뜨릴 것이라고 확신한다.

외조부모님 과수원에서 얼마 떨어지지 않은 곳에 부서진 건물이 하나 있다. 오래전에 돼지를 기르는 축사가 폐허로 변한 곳이었다. 우리는 그곳을 베이가 축사라고 불렀다. 이쪽 올리브밭에서 저쪽 올리브밭으로 갈 때면 지름길 삼아 그곳을 지나가곤 했다.

아마도 내 나이 열여섯 살쯤 되었을 것이다. 어느 날엔가 나는 그 폐허에서 어느 여자와 남자를 우연히 보았다. 여자가 잡초 사이에 서서는 치마를 매만지고 있었고, 남자는 바지 단추를 채우고 있었다. 나는 고개를 돌렸고 계속 앞을 보고 걸어갔다. 그러다가 길가의 울타리께에 다다랐을 때 자리를 잡고 앉았다.

그들과는 제법 떨어진 곳이었다. 내가 앉은 곳은 어느 올리브나무 근처였다. 며칠 전에 내가 그 올리브나무 둥치에서 거대한 푸른 도마뱀을 본 적이 있었다.

몇 분이 흐른 뒤에 여자가 맞은편 올리브밭을 가로지르는 걸 보았다. 거의 뛰다시피 했다. 남자는 폐허에서 벗어났고 내게 다가왔다(아마도 그 마을에 잠시 머물고 있던 트랙터 기사로, 그 동네에서 진행되는 특별한 공사 때문에 일시적으로 고용된 사람이었으리라). 그가 내 옆에 앉더니 말했다. 단정한 여자야! 나는 아무런 대답도 하지 않았다.

여자는 올리브나무 줄기 사이로 나타났다 사라졌다를 반복하며 점점 멀어져갔다. 네가 저 여자를 안다면서, 네가 남편한테 이를 거라고 하던데. 이번에도 아무런 대꾸도 하지 않고 잠자코 있었다.

남자가 담뱃불을 붙이고 연기를 두 번 내뿜더니 일어나서 울타리를 벗어나기 시작했다. 그리고 내게 작별 인사를 했다. 안녕! 나도 답했다. 안녕! 여자는 시야에서 완전히 사라졌다. 그리고 나는 두 번 다시 푸른 도마뱀을 보지 못했다.

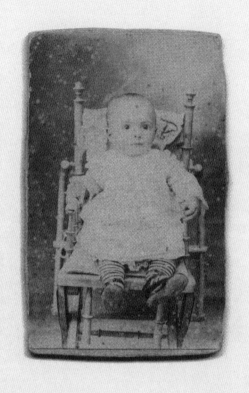

이 사람은 프란시스쿠 형이다. 감히 형의 이미지를 훔칠 수는 없었다. 그의 인생은 너무 짧았다. 형이 살아 있었다면 무슨 일을 했을까. 가끔 내가 인생을 사는 것이 형에게 생명을 주기 위해 노력하는 건 아닐까 생각하곤 했다.

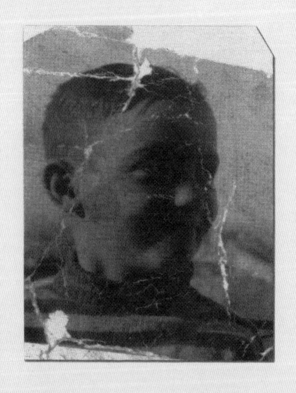

  내가 여섯 살 때의 모습이다. 나는 페르낭 로페스 길에 있던 집 뒤편의 베란다에 있다. 기억이 속이는 것이 아니라면, 내 옆에는 분명히 안토니우 바라타와 그의 부인이 있었을 것이다. 무자비한 가위가 그들과 나 사이를 갈라놓아버렸다. 인간관계에 관한 한, 어머니는 언제나 입장이 단호했다. 우정이 끝나면 사진도 끝난다.

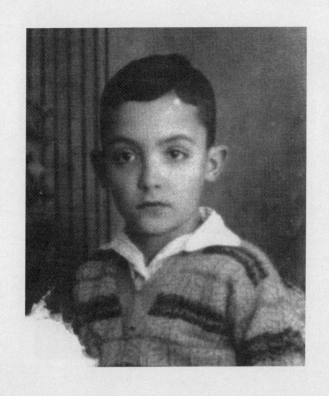

　이것은 초등학교 시절 사진이다. 내가 나오는 두 번째 사진이라고
할 수 있다. 식료품점 입구에 어머니와 함께 앉아 있는 사진이 있었지
만 지금은 사라지고 없다. 그러니 그걸 제외하면 이것이 두 번째가 된
다. 식료품점 사진 속에서 어머니는 엄숙한 애도의 복장을 하고 있고,
나는 우울한 얼굴로 앉아 있다. 프란시스쿠 형의 죽음 때문이었다.

　내 목에 넥타이를 매주었고, 옷깃에 벤피카 축구 클럽의 배지를 달아주었다. 아버지가 클럽 회원으로 가입시켰고, 오래된 아모레이라스 경기장에서 열리던 경기에 나를 데려가곤 했다. 내 의지라기보다는 아버지의 선호가 더 컸다. 당시 나는 경기를 즐겼지만 열광하지는 않았다.

이 사진에서는 승리자의 분위기가 엿보인다. 자신감에 차 있는 것 같은 부드러운 웃음이 눈에 띈다. 짐작하건대 4학년 말 시험을 치른 뒤에 찍힌 사진 같다. 중학교에서 나를 기다리고 있던 권한과 의무를 벌써부터 즐기고 있다. 그러나 승자의 분위기는 오래가지 못했다.

　어쩌면 이 사진을 앞으로 배치해야 할지도 모르겠다. 섬세하고 취약한 존재처럼 보인다. 앞 사진이 보여주는 긍정적이고 다소 자신만만한 분위기와는 퍽 대조적이다. 날 혼동하게 하는 것이 바로 넥타이 매듭이다. 꽉 조이지 않고 느슨하게 매는 스타일은 더 나중에 유행했기 때문이다.

여기서는 완벽한 청소년의 모습이 보인다. 축구 클럽 배지는 사라지고 없다. 이 무렵에는 더 이상 축구 경기를 보러 가지 않은 것 같다. 이 사진에서 꽉 조이는 매듭을 되찾은 게 보인다. 오늘날까지 평생 동안 유지하게 될 넥타이 스타일이다.

이 시절에는 애인이 있었다. 얼굴 표정에서 엿보인다.

아지냐가에서 다리를 벌리고 단호한 표정으로 카메라를 응시하고
있다. 손을 어찌해야 할지 모른 나머지 호주머니에 찔러넣었다. 바지
주머니는 소심한 이들의 은신처이다.

여기 그분들이 계신다. 조제파 할머니와 제로니무 할아버지. 할머니 어깨 위에 올린 손이 내 눈길을 끈다. 다른 사람들 앞에서 애정을 드러내는 사람들이 아니었다. 하지만 그들이 서로 사랑했다는 것을, 여전히 그 나이에도 계속 서로 사랑했다는 것을 나는 잘 알고 있다.

할머니가 손자를 안고 있다. 하지만 누구인지 잘 모르겠다. 외모로
보아 마누엘 외삼촌의 아들 같다.

이 신사분을 어떻게 생각해야 할지 모르겠다. 얼굴은 제로니무 할아버지가 맞다. 하지만 양복은 그와 아무 관계가 없다. 당시에 오포르투에 살고 있던 마리아 다 루스 이모의 남편이 할아버지에게 사진을 찍으시라고 빌려준 것이었다. 물론 사진을 촬영한 곳도 오포르투였다.

어머니는 미인이었다. 내가 하는 말이 아니라 이 인물 사진이 말해
준다.

미남 미녀 한 쌍이다. 당시 어머니는 프란시스쿠 형을 임신한 상태였다. 나중에는 내가 태어날 것이다. 하지만 내 갓난아이 시절 사진은 없다.

이미 경사로 승진한 뒤의 아버지 모습이다. 아버지는 당시 사람들
이 '남자다운 모습'이라고 말하던 외모 그 자체였다.

아름답기 그지없다.

세월이 많이 흘렀다. 이것이 우리 아버지의 마지막 사진일 것이다. 여러 부질없는 행위에도 아버지는 나쁜 사람이 아니었다. 내가 성인이 된 이후에 언젠가 아버지가 이렇게 말한 적이 있다. 그래 맞아, 너는 언제나 좋은 아들이었어! 그 순간에 그의 모든 걸 용서했다. 그 이전에는 우리가 그렇게 가까웠던 적이 결코 없었다.

사라마구의 기억 속에
알알이 박혀 있는 불멸의 작은 이야기

"나는 두 번 다시 푸른 도마뱀을 보지 못했다"

이 마지막 문장을 번역한 순간, 2007년 여름 멕시코시티 중심가에 위치한 고전적인 분위기의 북 카페 '엘펜둘로(El Pendulo)'가 떠올랐다. 그곳에서 『주제 사라마구, 작은 기억들』의 스페인어판을 처음 접했다.

나는 이 책 한 권을 배낭에 넣고 여름이면 늘 찾던 태평양의 해변 푸에르토 에스콘디도로 떠났다. 그리고 대양 너머에서 불어오는 거센 바람이 키 큰 야자수들의 머리채를 거세게 잡아채던 해변에서 멕시코에서의 마지막 휴가를 보냈다. 야자수 이파리 지붕 아래 해먹 위에 드러누워 이 책을 사나흘 만에 독파했고, 언젠가 꼭 이 감동을 한국어로 옮기겠노라 다짐했다. 그로부터 13년이 흐른 지금에서야 해변의 고독한 다짐이 현실이 되었다.

이 책에 담겨 있는 무엇이 내 마음을 붙잡았을까. 아니면 이 책을 읽었을 때 떠오른 무엇이 날 사로잡았을까.

사실 이 책의 스페인어판은 문고판 크기의 책으로 무척 가볍고 얇았다. 고작 200여 페이지에 대문호의 일생이 담겼다는 것이 믿기 어려울 정도였다. 저명한 사람들은 인생 전반을 소개하는 자서전을 쓰거나 역사적 대사건을 체험한 회고록을 남긴다. 하지만 주제 사라마구는 유소년기의 일만을 다룬 회고록을 집필했다. 인생의 전 시기를 다루는 것이 아니라 오직 출생에서 16세까지만 다룬 것이다. 자서전의 형식도 파격적이다. 연대기 순서에 따라 기록하는 것이 아니라 기억의 선착순으로 글을 써내려간다. 심지어 책의 후반부에서는 전반부의 틀린 기억을 교정하기도 한다.

작가는 출간 직후 어느 인터뷰에서 "나라는 사람이 어디서 비롯되었는지 독자들이 알기 바란다"는 바람을 피력한 바 있다. 독자들은 그의 의도가 적중했음을 금세 알아챈다. 소년기의 기억이 우리 삶의 원천이란 것, 성인이 되고 노인이 되어도 지속적으로 삶에 영향을 미친다는 것을 새삼스럽게 느끼게 된다. 우리가 깨닫지 못하고 살고 있을지라도, 우리의 욕망과 상처, 기쁨과 슬픔의 밑동에 유년기가 튼튼히 자리 잡고 있다는 사실을 알게 된다.

이 책이 사라마구의 픽션과는 아주 다르다는 점도 흥미롭다. 사라마구의 픽션은 환상적인 서사, 대담한 사건, 도저한 주제로 유명하다. 그의 소설에서는 이베리아 반도가 유럽 대륙에서 떨어져 나가 대서양 위를 떠돌아다니고, 세상의 모든 사람들이 일제히 눈이 멀고, 어느 날 갑자기 죽음이 멈추어 아무도 죽지 않는 일이 벌어진다.

하지만 『주제 사라마구, 작은 기억들』에서는 전혀 다른 이야기들이 펼쳐진다. 여기 담긴 것은 작가가 꾸며낸 이야기가 아니라 작가의 삶 그 자체이다. 섬세한 관찰력과 유머 감각으로 그려낸 소년기의 에피소드 모음집이다. 사라마구의 소년 시절에도 세상에서는 전쟁이 벌어지고 쿠데타가 벌어지는 등 큰 사건이 일어났지만, 소년이 대사건을 겪는 방식에 주목할 만하다. 사실 우리 삶의 기억을 차지하는 것은 역사가들이 말하는 거대한 사건 그 자체가 아니다. 그 대사건과 무관하지는 않을지라도 내 삶과 실핏줄처럼 연결된 소소한 일화들이다.

바로 이런 이유 때문에 인생 전체를 다룬 전기를 읽은 것도 아니고 고작 소년기의 회고록을 읽었을 뿐인데도 저자와 아주 가까워졌다고 느끼게 된다. 소년 사라마구의 천진함과 어리석음, 기쁨과 고통, 두려움과 안도감이 그만의 것이 아니기 때문이다. 우리였던 소년의 것이기도 하다. 사라마구의 기억 속에 알알이 박혀 있는 불멸의 작은 이야기들을 우리 또한 간직하고 있기 때문이다.

1920~1930년대의 포르투갈에서 벌어진 일을 현재의 한국 독자들에게 전달하는 일은 결코 녹록지 않았다. 매번 주인공과 사건이 달라지는 일화들을 연이어 번역하는 일 또한 신경을 곤두서게 만들었다. 하지만 매 일화가 끝날 때마다 느꼈던 희열 덕분에 다행히 마지막 이야기에 이를 수 있었다. 나

자신도 모르게 유년의 나와 해후하게 만드는 작가의 재주는 정말이지 경이로울 정도다. 독자 여러분 또한 83세의 노작가가 전하는 낯선 이야기를 따라가다 보면 어느새 유년기의 기억을 더듬고 있는 자신을 발견할 수 있을 것이다.

『주제 사라마구, 작은 기억들』을 읽으면 우리 모두 소녀와 소년이 되어갈 것이다. 어느새 푸른 도마뱀의 시절로 돌아가게 될 것이다. 작가 스스로도 고백했듯이 기억이 꼬리에 꼬리를 물면, 소년기에 대한 거대한 기억의 양에 소스라치게 놀라게 될 것이다. 그리고 작가가 우리에게 남겨준 금언을 되새기게 될 것이다.

"너였던 소년이 이끄는 대로 내버려두거라."

2020년 2월

박정훈

주제 사라마구, 작은 기억들

초판 1쇄 2020년 2월 26일

지은이 | 주제 사라마구
옮긴이 | 박정훈
펴낸이 | 송영석

주간 | 이혜진
기획편집 | 박신애 · 김단비 · 심슬기
외서기획편집 | 정혜경
디자인 | 박윤정
마케팅 | 이종우 · 김유종 · 한승민
관리 | 송우석 · 황규성 · 전지연 · 채경민

펴낸곳 | (株)해냄출판사
등록번호 | 제10-229호
등록일자 | 1988년 5월 11일(설립일자 | 1983년 6월 24일)

04042 서울시 마포구 잔다리로 30 해냄빌딩 5 · 6층
대표전화 | 326-1600 **팩스** | 326-1624
홈페이지 | www.hainaim.com

ISBN 978-89-6574-983-7 03870
파본은 본사나 구입하신 서점에서 교환하여 드립니다.

이 도서의 국립중앙도서관 출판예정도서목록(CIP)은 서지정보유통지원시스템 홈페이지
(http://seoji.nl.go.kr)와 국가자료공동목록시스템(http://www.nl.go.kr/kolisnet)에서 이용
하실 수 있습니다.(CIP제어번호: CIP2019052455)